청렴 문관文官 정 붕 鄭 鵬
청렴 무관武官 이순신 李舜臣

○ 시·나·리·오·형 액·자·소·설 ○

잣과 꿀, 그리고 오동나무
'청렴 문관' 정붕·'청렴 무관' 이순신

정만진

《잣과 꿀, 그리고 오동나무》를 펴내며

정붕鄭鵬

○ 1467년(세조 13) 11월4일 경북 선산 신당개에서 출생
○ 25세 때인 1492년(성종 23) 문과 급제
○ 성종~연산군 시대 권신 유자광이 자신의 처고모부였지만 그의 지원을 거절
○ 1500년(연산군 10) 홍문관 수찬(정6품), 1502년 사헌부 지평(정5품), 1504년 홍문관 교리(정5품), 1504년 9월18일 연산군에게 바른 정치를 촉구하다 장형 40대를 맞고 경북 동해안 영덕으로 유배
○ 중종반정 직후 1506년(중종 1) 9월13일 사헌부 지평, 9월20일 의정부 검상(정5품)에 임명되지만 사양
○ 이어 홍문관 교리에도 임명되나 반정 공신 홍경주(중종 후궁 홍씨의 아버지)의 위세 부림을 보고 기묘사화를 예감, 병 치료를 내세워 낙향
○ 1509년(중종 4) 5월18일 중종·영의정 성희안·이조 판서 신용개·이조 참판 박열의 강권으로 청송 부사(종3품) 부임.
○ 절친했던 성희안이 청송 명품 잣과 꿀을 조금 보내달라고 부탁한 것을 거절한 일, 선정, 도학 실천 지침서 〈안상도 案上圖〉를 만든 일로 이름을 떨침
○ 청송 부사 4년차 재임 중 1512년 9월19일 46세로 타계

이순신 李舜臣

○ 1545년(인종 1) 3월8일 서울 중구 초동에서 출생

○ 31세 때인 1576년(선조 9) 무과 급제

○ 1579년(선조 12) 훈련원 봉사(종8품) 재직 시 병조의 인사권을 가진 정랑(현 국방부 인사담당관) 서익의 부당 인사를 저지하려다가 충청도 해미읍성 군관(종8품)으로 쫓겨남

○ 1580년(선조 13) 종4품 발포 만호로 8계급 파격 승진

○ 발포 만호 재직 중 관청 내 오래된 오동나무를 베어 거문고를 만들고자 하는 전라 좌수사 성박을 제지한 일로 줄곧 징계 · 파직 위협을 받음

○ 1582년(선조 15) 서익의 보복으로 종4품 발포 만호에서 파직, 넉 달 후 8품계나 낮은 종8품 훈련원 봉사로 복직

○ 1591년(선조 24) 종6품 정읍 현감에서 정3품 전라 좌수사로 6품계나 파격 승진

○ 임진왜란 대활약, 삼도수군통제사(종2품) 파직, 투옥, 백의종군, 〈난중일기亂中日記〉 집필로 이름을 떨침

○ 1598년(선조 31) 11월19일 노량 해전에서 전사

정붕은 연산군 시절의 권신 유자광과 인척 관계였다. 숙부 정석견도 이조 참판이었다. 중종반정 공신 영의정 성희안과는 '절친'이었다.

하지만 본래 관직에 별 흥미를 가지지 않고 수신을 위한 위기지학爲己之學에 몰두한 선비였던 정붕은 누군가의 후광을 자신의 출세에 보탤 생각이 없었다. 정붕은 오히려 주변의 만류에도 불구하고 연산군에게 바른 정치를 촉구하다가 40대의 장형을 맞고 경북 동해안 영덕에 유배되었다.

그는 갑자사화(1504년, 연산군 10) 때 스승 김굉필이 죽임을 당하지만, 그 자신 평소 붕당에 초연했고 마침 유배 중이었으므로 추가 피해를 입지는 않았다. 그러나 무오사화(1498년, 연산군 4) 때 절친한 벗 이목이 참형되고 숙부 정석견의 파직도 겪었으므로 두 차례의 사화 이후 정붕은 더욱 정치에 관심을 잃었다.

중종반정(1506년, 연산군 12)으로 집권한 성희안 등이 자신을 중용하려 했지만 정붕은 실세 일부의 언행을 보고 또 다른 사화(1519년, 중종 14, 기묘사화)를 예감, 벼슬을 버리고 귀향했다. 이에 중종과 영의정 성희안 등이 그를 고향 인근의 청송 부사로 임명했다.

정붕은 청송 부사 재직 중 우리나라 역사에 기록된 글과 일화를 남겼다. 절친한 성희안이 "청송은 잣과 꿀의 명산지이니 조금 보내주게. 맛 좀 보세"라는 서한을 보내오자 정붕은 즉각 "잣은 높은 산꼭대기에 있고, 꿀은 민간의 벌통 속에 있는데, 태수가 무슨 재주로 그것을 보내드리겠소?"라는 답신을 써서 보냈다.

성희안이 바로 "미안하다"라는 편지로 사과했다. 공직자의 청렴성과 도덕성을 상징하는 이 일화는 줄곧 고등학교 한문 교과서에 실려 '국민정신헌장'이 되고 있다.

> 栢在高岑頂上 [백재고잠정상]
> 잣은 높은 산꼭대기에 있고
>
> 蜜在民間蜂桶中 [밀재민간봉통중]
> 꿀은 백성의 벌통 속에 있으니
>
> 爲太守者何由得之 [위태수자하유득지]
> 태수가 그것을 어찌 구하리오

정붕은 〈안상도〉를 완성한 학자로도 이름이 높다. 안으로 자신의 마음을 끊임없이 성찰하고, 밖으로 언행일치의 생활화를 이룩하기 위해 그가 만든 〈안상도〉는 잠언을 도표식으로 배치해서 그린 문자도文字圖이다.

하지만 이황으로부터 극찬을 받은 사실이 《조선왕조실록》에 수록되어 있는데도 〈안상도〉 이름조차 생소하다는 이들이 많다.

경상북도 도청 입구에 커다랗게 새겨져 있는 〈안상도〉의 '9용9사'는 21세기 과학기술 시대에도 매우 유익한 철학 나침반이다. 특히 자라나는 세대에게 〈안상도〉를 알려주는 일은, 마음을 둘 곳을 잃어 '고향을 잃어버린 사람'으로 지칭되는 현대인의 삶에 따뜻한 이정표를 세워주는 교육적 선행이 될 만하다.

이순신은 너무나 잘 알려진 '성웅'이므로 새삼 소개할 필요도 없다. 다만 이 소설이 '삼도수군통제사 이순신'의 출중한 무공을 재삼 드러내기 위해 집필되는 것은 아니라는 점은 분명히 밝혀두고자 한다. 이순신은 병조(현 국방부) 소속 하급 관리로 있을 때 병조의 인사권을 가진 병조 정랑(현 국방부 인사담당관)의 부당 인사에 복종하지 않다가 시골로 좌천된 일과, 전라도 남해안 발포 만호(현 해군 중령 정도)로 있을 때 전라 좌수사(현 해군 소장 정도)의 국유 재산 사적 이용에 반대하다가 파직된 일 등으로 우리나라 관료사회의 상징적 청렴 인물 중 한 사람으로 부각되어 있다.

정붕(1467-1512)과 이순신(1545-1598)은 문관과 무관으로 반班은 달랐지만, 강직한 성품과 뛰어난 저작(정붕 〈안상도〉와 이순신 〈난중일기〉)을 남긴 역사적 인물이라는 점에서는 닮은꼴이기도 하다. 이에 저자는 두 사람이 남긴 청렴 일화淸廉逸話와 기록정신記錄精神을 담은 장편소설 집필의 가치에 주목했다. 두 사람의 올곧은 삶은 물질 만능 풍조에 젖어 전

통의 언행일치言行一致 품성을 잃어버린 오늘날의 우리 사회에 빛과 소금의 교훈이 될 만하다고 느꼈다.

    이 책은 액자소설 형태로 구성되었다. 소설 양식으로 쓰인 이순신의 삶과 정신세계가 바깥 틀을 이루고, 시나리오 양식으로 쓰인 정붕의 삶과 정신세계가 속 틀을 이룬다. 이렇게 파격 구성을 선택한 것은 독자들이 〈안상도〉를 좀 더 쉽게 이해할 수 있도록 하려는 저자로서의 예의 다함이다. 올바른 도학적道學的 삶을 규범화하고 있는 〈안상도〉는 성리학에 바탕을 둔 생활철학 논리인 까닭에 이해하기가 쉽지 않다. 그래서 저자는 오랜 생각 끝에 비유·함축 등 문학적 수사修辭가 많은 소설보다는 대사와 행동으로 내용을 직접 드러내는 시나리오 기법이 〈안상도〉에 대한 독자들의 이해를 좀 더 촉진할 수 있다는 결론에 이르렀다.

    좀 더 깊고 다양한 실천 덕목을 얻고자 하는 독자들을 위해 책 말미에 '〈안상도〉 해설'을 붙였다. 임진왜란 중 멸실된 《안상도 도설圖說》을 소설에서는 홍문관이 재구성하는 것으로 기술했다. 또 이순신의 청렴 의식을 증언해주는 실화도 기행문 형식으로 수록했다. 아무쪼록 우리 사회의 건강성을 높이는 데 이바지할 수 있기를 소망하는 마음에서 이 소설을 책으로 만들어 세상에 내놓는다.

2022년 4월 15일
정만진丁萬鎭

차례

제 1장 오동나무와 이순신 12
제 2장 사냥터의 연산군 24
제 3장 한양으로 가는 선산 아이 31
제 4장 격동의 세월 53
제 5장 귀신도 놀랄 선견지명 74
제 6장 또 다시 부는 피바람 116
제 7장 잣은 높은 산마루에 있고 145
제 8장 기묘사화를 예언하다 181
제 9장 안상도와 이순신 186
제10장 이황과 정조대왕 200
부 록 〈안상도〉 해설 204

제 1장
오동나무와 이순신

1592년 정월 초하루, 새벽.

맑고 찬 겨울 공기가 문틈으로 스며든다.

'아직 동이 틀 시각은 아닌데….'

이순신은 몸을 뒤척이며 자리에서 일어난다. 문이 닫혀 있는데도 인기척은 방 안까지 가득하다. 방금 실내로 들어온 냉기는 두런거리는 저 음성에 실려 문틈을 헤집었나 보다. 간단히 복장을 갖춘 이순신이 문 밖을 향해 묻는다.

"누가 왔느냐?"

그렇게 묻지만, 이순신에게는 이미 짚이는 얼굴들이 있다. 오늘은 설날이다. 벌써 두 해 연속 정월 초하루에 어머니를 뵙지 못했다. 어머니는 충청도 아산에 계시는 반면 이순신은 멀리 남쪽 바닷가 여수에서 지내고 있는 탓이다.

이순신은 대략 1년 전인 1591년 2월 전라 좌수사에 임명되었고, 그때부터 줄곧 전라 좌수영 관할 구역 내에 머물러 왔다.

이순신이 전라 좌수사에 보임되던 무렵, 정3품 수사水使는 조선 주사舟師(수군)에서 가장 높은 관직이었다. 경상 좌·우수사, 전라 좌·우수사, 충청 수사 중 한 자리에 있으면서 다른 수사들을 총지휘하는 종2품 삼도수군통제사 직책은 아직 만들어지지 않았다. 조선 조정은 임진왜란 초기에 1년 이상 해전을 겪고 나서야 수사들이 각각 군대를 이끌고 전투를 치러서는 안 되겠다는 판단을 했고, 그 결과 삼도 수사 모두를 통할하는 종2품 삼도수군통제사 자리를 신설했다. 초대 통제사에는 이순신이 1593년 8월 15일 취임했다.

　　전라 좌수사가 되기 직전 이순신의 직책은 종3품 가리포(완도) 첨사였다. 가리포 첨사 전에는 종4품 진도 군수였다. 그 전에는 종6품 정읍 현감이었다. 정읍 현감이 된 것은 1589년 12월이었는데, 그 무렵 정읍은 고부에 속한 작은 마을이다가 처음 현으로 승격되었다. 즉 이순신은 초대 정읍 현감이었다.

　　정읍 현감으로 14개월째 재직하던 이순신이 진도 군수로 발령을 받은 것은 1591년 2월이었다. 종6품에서 종4품으로 올랐으니 정6품, 종5품, 정5품의 세 단계를 확 뛰어넘은 파격 승진이었다.

　　하지만 이순신은 진도 군수로 부임하지 못했다. 임지로 출발하기 위해 짐을 싸는 중 가리포 첨사로 가라는 새 명령이 떨어졌기 때문이다. 가리포 첨사는 종3품이니 이번에도 정4품의 단계를 그냥 뛰어넘은 특별 인사였다.

'청렴 문관' 정붕鄭鵬과 '청렴 무관' 이순신李舜臣

며칠 뒤, 이순신은 또 다른 교서를 받았다. 정3품 전라 좌수사로 가라는 왕명이었다. 2월 한 달 사이에 종6품 현감이던 이순신이 세 차례나 실시된 인사 끝에 정6품, 종5품, 정5품, 종4품, 정4품, 종3품의 여섯 단계를 훌쩍 지나쳐 정3품 수사로 올라선 것이다.

본래 전라 좌수사에는 원균이 선임되었었다. 1월 29일 선조가 원균을 임명하자 사간원은 즉각 재고를 요구했다.

"원균은 고을 수령으로 있을 때 근무 평가에서 아주 나쁜 점수를 받았습니다. 그것도 불과 여섯 달 전 일입니다."

그러면서 사간원은,

"원균에게는 다른 벼슬을 주고 좌수사에는 출중한 군사 지혜를 갖춘 젊은 인물을 각별히 선택하여 보내소서. 근무 평가의 의의를 망가뜨려서는 안 됩니다."
라고 주장했다.

결국 선조는 2월 4일 사간원에 '그렇게 하라.'고 대답했다. 원균은 나흘 만에 낙마했고, 다시 유극량이 전라 좌수사로 임명되었다. 그런데 또 나흘 만인 2월 8일, 이번에는 사헌부가 나섰다.

"전라 좌수영은 직접 적과 마주치는 지역이기 때문에 방어가 매우 긴요한 곳입니다. 유극량은 쓸 만한 인물이기는 하지만 지나치게 겸손해서 부하 장수들에게 명령이 서지 않습니다. 위급한 상황이 닥치면 대비를 하지 못할 것입니다. 다른 인물로 바꾸소서."

뜻밖에도 선조는, 조금도 망설이지 않고 대답했다.

"벌써 바꿨소."

원균을 임명했다가 여론의 뭇매를 맞았던 선조다. 그래서 선조는 유극량을 대체 인물로 내놓고는 세간의 평가에 귀를 기울여 왔다.

이번에도 시끄러웠다. 선조는 사헌부가 들고 일어나기 이전에 진작 '다른 인물로 교체해야겠구나.' 하고 결심했다. '벌써 바꿨소.'라는 답변은 선조의 그런 속마음이 담긴 표현이었다. 다만 선조는 아직 유극량의 후임자를 누구로 할 것인가까지 확정한 바는 아니었다.

류성룡이 선조에게 조심스럽게 아뢰었다.

"신은… 이순신이 적임자가 아닐까 여겨지옵니다만…."

선조가 눈을 크게 뜨면서 반문했다.

"이순신?"

"전하께서도 이순신이라면 기억이 나실 것입니다."

"그렇소. 병조 정랑 서익과 마찰을 빚어 해미 읍성으로 내쫓겼던 사람이란 것부터 기억이 나오."

1579년 10월의 일이다. 벌써 12년이나 흘렀다. 1576년, 서른하나에 급제한 이순신은 흔히 삼수갑산이라 불리는 함경도 동구비보의 종9품 권관으로 관직 생활을 시작했는데, 임기를 마친 후 종8품 훈련원 봉사로 승진하여 한성으로 돌아왔다. 훈련원은 군사 조련을 담당하는 중요 기관이었으므로 병조가 직접 관리했다.

'청렴 문관' 정붕鄭鵬과 '청렴 무관' 이순신李舜臣

병조의 인사권은 정5품 병조 정랑에게 전적으로 주어져 있었다. 당시 병조 정랑 자리에는 서익이 앉아 있었다. 자신의 친척을 승진 서열까지 무시하면서 불법 승차시키려 작심한 서익은 이순신에게 관련 문서를 작성하라고 지시했다. 그것을 이순신이 거부했다.

"낮은 자를 순서까지 바꾸어가면서 승차를 시키면 본래 승진할 사람이 그 자리에 오르지 못하게 됩니다. 이는 옳지 않은 일입니다是非公也. 관련 규정을 고치는 일도 불가능합니다且法不可改也. 1)"

종8품 봉사가 자신보다 여섯 등급이나 높은데다 인사 전권을 휘두르는 막강한 정5품 정랑에게 맞서는 형국이 빚어졌다. 이조 정랑과 병조 정랑은 인사권을 장악하고 있는 관계로 정승들도 눈치를 보는데 이순신은 그것을 아는지 모르는지 막무가내였다.

"삼수갑산에서 올라와 아직 세상 물정을 모르는 게지."

병조와 훈련원의 높고 낮은 관리들은 대체로 그렇게 평했다. 더러는 '젊은 사람이 기백이 대단하군. 서른다섯이라지? 아무렴! 때 덜 묻은 청년 관원 시절에는 저렇게 당당하게 살아야지!'라고 격려하기도 했다.

---

1) 한문은 《이 충무공 전서》의 원문으로, 이 부분의 내용이 작가의 완전한 허구가 아니라는 점을 말하기 위해 옮겨 실었다. 다만 각주가 많으면 읽는 데 불편하므로 이후에는 한문을 덧붙이는 경우일지라도 출처를 밝힌 각주는 붙이지 않는다.

하지만 모두들 서익이 무서워 대놓고 말하지는 못하고 관아 구석이며 나무그늘 아래에서 가만가만 속삭였다. 아무튼 이순신의 저항은 친척을 부당 승진시키려던 서익의 계획을 널리 알리는 계기로 작용했다. 결국 서익은 뜻을 이룰 수 없었다.

심통이 뻗친 서익은 화풀이로 이순신을 멀리 충청도로 내쳤다. 삼수갑산에서 한성으로 올라온 지 몇 달 되지도 않은 이순신은 충청도 서산 해미 읍성 군관으로 밀려났다. 같은 종8품이기는 해도 중앙 조정의 훈련원 봉사와 시골 주둔 군대의 군관을 동급 벼슬로 보는 이는 아무도 없었다.

"그때도 그대는 이순신을 칭찬하느라 입술에 침이 마를 겨를이 없었소."

선조가 빙그레 미소를 머금으며 류성룡을 바라본다.

"망극하옵니다, 전하."

그것은 류성룡의 진심이었다.

이순신은 해미 읍성으로 쫓겨나면서 이름을 얻었다. 류성룡은 뒷날 《징비록》에 "선비들이 이 일로 차츰 이순신을 알게 되었다."라고 썼다. 선조가 이순신의 이름 석 자를 처음으로 듣고, 또 기억하게 된 것도 서익 사건 덕분이었다.

선조가 류성룡에게 '그때도 그대는' 하고 회상한 것은 이순신이 종8품 군관으로 있은 지 열 달 만에 종4품 발포 만호로 날아오른 일이 생각나서였다. 이순신이 8계급이나 승차한 놀라운 벼락출세의 주인공이 된 사건이 떠올라서였다.

'청렴 문관' 정붕鄭鵬과 '청렴 무관' 이순신李舜臣

종8품, 정8품, 종7품, 정7품, 종6품, 정6품, 종5품, 정5품, 종4품…… 세기도 힘들 만큼 엄청나게 치솟은 승진이었다. 이 역시 류성룡이 선조에게 건의하여 이뤄진 결실이었다. 선조는 지금 그 일을 돌이켜보고 있는 것이다.

1580년 7월부터 1582년 1월까지 18개월 동안의 발포 만호 재직은 이순신의 첫 수군 근무였다. 뒷날 지명이 고흥으로 바뀌는 흥양의 발포는 반도의 끝에 위치했다.

폭풍 승차를 한 만큼 이순신은 마음에 부담이 컸다. 시기와 모함은 말할 것도 없고, 조정 고관들 중에도 '얼마나 대단한지 지켜보겠다.'며 벼르는 자가 한둘이 아니었다.

전라도 관찰사 손식도 그런 눈으로 이순신을 지켜보고 있었다. 손식은 주변 인사들로부터 이순신에 대한 온갖 참언을 많이 들은 나머지 그를 미워하는 마음을 가슴속에 가득 품게 되었다. 그래서 하루는 도내 순찰을 다니다가 능성(전남 화순군 능주면)에 닿았을 때 이순신을 호출했다.

조선 시대에는 육군·수군의 구분이 따로 없어서 육군 또는 수군으로 왔다 갔다 발령이 났다. 지방의 군대는 육군·수군 가릴 것 없이 모두 관찰사 예하였다. 즉 관찰사는 행정권만이 아니라 지방의 육군 사령관 병사兵使와 수군 사령관 수사水使를 지휘하는 군사권까지 가진 막강한 권력자였다.

이순신은 부랴부랴 말을 달려 손식이 머물고 있는 능성 관아로 갔다.

이순신이 읍을 올리자 손식은 대뜸 김종서 등이 편찬한 《진서陣書》를 주면서 특정 부분을 지목하여 강독하라고 지시했다. 엄청난 뒷배를 업고 벼락출세를 한 자인 만큼 실력은 바닥을 헤매고 있을 터, 다중이 보는 앞에서 망신을 주겠다는 노림수였다. 이순신은 카랑카랑하면서도 잡티 없는 음성으로 병법서를 도도히 읽고 현란하게 그 뜻을 풀어내었다.

'이 자를 보게?'

손식은 내심 뜨악했지만 그렇다고 계획을 곧장 철회할 수도 없는 노릇이었다. 관찰사가 왜 발포 만호를 불러 병법 강독을 시키는지는 주위 사람들이 모두 짐작하는 바인데, 이렇게 순순히 이순신을 공인받게 할 수는 없는 것이다.

손식은 이순신에게 다른 주문을 내놓았다.

"장수가 병법을 외기만 했지 전술 전략으로 활용하지 못하면 무슨 소용이리? 팔괘진八卦陳과 오위연방진五衛連方陳을 직접 그려 보아라!"

팔괘진은 중국 삼국시대 《삼국지》에 나오는 제갈량의 팔진법을 가리키고, 오위연방진은 우리나라 《진법》에 실려 있는 많은 진도陣圖 중 하나이다.

이순신은 평소 각종 병서 연구에 골몰해 왔었다. 특히 1592년 3월5일 류성룡이 《증손전수방략增損戰守方略》을 보내오기 전까지는 《삼국지》, 《손자병법》, 《진법》 등을 펼쳐놓고 정독을 거듭했다. 뿐만 아니라 병서 안에 나오는 진도들을 직접, 수를 헤아릴 수 없을 만큼 많이 그려보았다.

'청렴 문관' 정붕鄭鵬과 '청렴 무관' 이순신 李舜臣

이순신은 손식 앞에서 두 진법의 그림을 너무나 정교하게 그려내었다. 이순신이 내놓은 진도들을 본 손식은 자신의 본래 의도마저 잊은 채 감탄을 연발했다.

　"어찌 이토록 세밀하고 오묘하게 그릴 수 있단 말인가何筆法之精也!"

　관찰사 뒤에 줄을 지어 서서 전말을 지켜보던 상하 관리들도 일제히 놀란 눈으로 이순신을 바라보았다. 정승과 판서들에 줄을 잘 대어 불과 열 달 사이에 종8품 군관에서 종4품 만호로 치솟은 '정치 군인'으로만 여겼는데, 알고 보니 누구와 겨뤄도 빠지지 않을 탄탄한 능력자가 아닌가! 모두들 눈이 휘둥그레졌다.

　"그대를 일찍 알지 못한 것이 안타깝도다恨我不能初知也."

　손식의 평가를 무난히 통과한 이순신은 그 후에도 성심껏 최선을 다해 일했다. 하지만 세상일은 혼자 열심히 한다고 해서 결과까지 반드시 좋은 것은 아니다. 세상의 속물들은 도덕성, 진실성, 성실성 같은 덕목이 아니라 자신에게 이익이 되는가를 기준으로 상대를 평가한다. 이순신은 어느 누구보다도 왜침 전란의 파도를 능숙하게 제압한 바다의 명장이 되지만, 서익 사건이 진작 증명해 주듯 세속 물결을 타는 데에는 성품상 부적절한 체질이었다.

　서익과의 마찰 직후 병조 판서(국방장관, 정2품) 김귀영이 매파를 보내왔을 때에도 이순신은 본인의 성품을 고스란히 드러냈다.

잣과 꿀, 그리고 오동나무

김귀영은 첩에게서 낳은 서녀庶女를 이순신에게 시집보내려 했다. 이는 김귀영이 이순신을 좋은 마음으로 지켜보고 있었다는 뜻이다. 이순신으로서는 혼사를 받아들이는 경우 출세가도가 활짝 열릴 일이었다. 그런데도 이순신은 잠깐의 좌고우면도 없이 중매쟁이를 바로 돌려보냈다.

"벼슬길에 나온 지 얼마 되지도 않는 내가 어찌 권세 있는 가문에 기대어 출세를 도모하겠는가?"

이순신의 그런 성품은 성박과의 마찰을 통해서도 여지없이 드러났다. 발포 만호 이순신은 전라 좌수사 성박의 직속 부하였다. 성박이 이순신에게 서한을 보내왔다.

"발포 만호영의 관사 앞뜰에 좋은 오동나무가 있소. 그것으로 거문고를 만들까 하니 베어서 보내시오."

다음 날, 이순신은 답장을 써서 가장 나이가 많은 병사의 손에 쥐어 성박에게 보냈다.

"관청의 나무는 나라의 것입니다. 누구든지 함부로 자신의 물건으로 삼을 수는 없습니다. 게다가 이 나무는 아주 오래 된 거목입니다. 나무 한 그루를 이처럼 거목으로 키우는 데는 몇 백 년이라는 긴 세월이 걸리지만 베어내는 데에는 눈 한번 깜짝할 찰나이면 그만입니다. 수많은 사람들이 긴 시간을 공들여 키워온 나무를 하루아침에 벨 수는 없습니다. 설혹 이 오동나무에 잣과 꿀이 열린다 하더라도 그것 역시 어느 개인의 것이 아니라 나라의 것일 뿐이라는 사실을 수사 영감께 감히 말씀드리는 바입니다."

'청렴 문관' 정붕鄭鵬과 '청렴 무관' 이순신李舜臣

늙은 병사는 성박에게 이순신의 답신을 전했다. 성박은 화를 뭐같이 내면서 이순신의 서신을 바닥에 팽개쳤다.

"뭐가 어째? 잣과 꿀이 열린다 하더라도 그것 역시 어느 개인의 것이 아니라 나라의 것이니 탐내지 말라고? 이 놈이 감히 나를 가르치려 들어? 당장 오동나무를 베어서 그 놈의 다리몽둥이를 분질러놓고 말 테다!"

현장에 없었던 이순신은 당장 봉변을 당하지는 않았지만 늙은 병사는 기대하던 것을 잃고 낙담했다. 당시는 심부름을 온 사람에게 작은 술상을 차려주는 것이 관례였다. 이순신은 그 즐거움을 선사하려고 일부러 늙은 병사에게 심부름을 시켰던 것이다. 하지만 늙은 병사는 술상은커녕 화가 머리끝까지 치밀어 오른 성박에게 물씬 얻어맞지 않은 것만 해도 다행이었다.

벌건 얼굴로 고래고래 고함을 질러댔지만 성박은 이순신을 어떻게 하지는 못했다. 서익 사건도 들었고, 종8품이 어느 날 문득 종4품으로 뛰어올랐다는 사실도 알고 있기 때문이다.

'뒷배가 임금일지도 모르는 자 아닌가?'

덕수 이씨이니 왕족이 아닌 것은 분명하지만, 확실한 배경도 모르면서 막무가내로 위해를 가할 수는 없다. 성박은 이순신이 어떻게 해서 종8품 해미 읍성 군관에서 불과 열 달 만에 종4품 발포 만호로 승차했는지 그것부터 알아본 다음 후속 조치를 취하기로 마음먹었다.

'빨리 인편을 한양으로 보내어 그것부터 소상히 수소문해 보라고 해야겠다.'

펄펄 뛰는 좌수사를 보면서 늙은 병사는 이순신의 서신에 나오는 '잣과 꿀이 열리는 오동나무'가 궁금해졌다. 성박이 왜 그렇게 화를 내는지 도무지 헤아려지지 않았기 때문이다. 하지만 그것을 성박에게 물어볼 수는 없는 노릇이었다. 발포성으로 돌아온 늙은 병사는 성박이 무지무지하게 화를 내었다는 사실은 이순신에게 보고했지만, 여전히 '잣과 꿀이 열리는 오동나무'가 무엇인지는 묻지 못했다.

'누구한테 물어보면 속 시원하게 가르쳐줄까?'

늙은 병사는 그 생각을 하면서 저녁 어스름이 들도록 배의 뜸 아래에 앉아 있었다.[2] 그때 이순신이 직접 조그마한 상에 술과 안주를 얹어서 그를 찾아 왔다. 늙은 병사가 굶고 돌아왔다는 말을 전해 들었던 것이다.

빈 속에 연거푸 몇 잔 들어부은 노병사는 반쯤 취한 김에 '잣과 꿀이 열리는 오동나무'가 무엇인지 이순신에게 물었다. 이순신이 "허허" 웃고 나서 '잣과 꿀' 이야기를 노병사에게 해주었다.

---

2) 《난중일기》 1593년 2월 30일자 전문 '종일 비가 왔다. 배의 뜸(비나 해를 가리는 거적) 아래에 웅크리고 앉아 있었다.'를 본뜬 표현임.

제 2장
사냥터의 연산군

대낮, 숲속.

"땡-땡땡—땡땡땡-땡땡땡땡!"

멀리서 들려오는 꽹과리소리가 연이어 울리면서 숲속을 천천히 덮어 온다. 거목들 사이로 길게 난 숲길 끝에 말들이 떼를 이루어 달리는 모습이 아득하다. 말떼가 자그마하게 보일 때에는 꽹과리소리도 작게 들리더니, 말떼가 점점 크게 보이자 꽹과리소리도 덩달아 차차 커진다.

"두두두두~!"

이윽고 달리는 말들이 요란한 소리와 울퉁불퉁한 근육질을 뽐내면서 시야를 가로막고 지나간다. "두두두두" 울리는 말발굽 소리와 박동하는 말의 허벅지가 눈앞을 가득 메우면, 화면을 응시하고 있던 관객은 마치 그 말발굽에 짓밟힐 것만 같은 느낌에 사로잡힌다.

바람을 몰아치는 듯한 속도와 용솟음치는 듯한 박진감이 화면을 지배한다. 말등에 올라 타 있는 사람의 얼굴은 보이지 않는다.

지나 스쳐간 말떼가 순식간에 왼쪽에 자그맣게 보인다. 말떼가 나아가는 쪽 앞에 뭔가 작은 짐승무리가 '죽어라' 도망을 치고 있다. 갑자기 달려든 말떼의 기습 공격에 놀란 사슴, 토끼, 고라니 등이다.

겨울 사냥꾼 복장의 20대 청년이 도망치는 산짐승들의 꽁무니를 향해 마상에서 화살을 겨눈다. 청년의 이마에는 띠가 둘러져 있다. 그의 좌우에는 언뜻 보아도 장수로 여겨지는 호위 무장들이 포진해 있다. 자막 [조선 제10대 임금 연산군].

연산군이 시위를 당긴다. "핑-!" 소리를 내며 화살이 날아간다. 정통으로 화살에 맞은 사슴 한 마리가 '쿠당탕' 쓰러진다.

호위 무장 1 : 명중입니다. 전하!
호위 무장 2 : 대단하십니다, 전하!
호위 무장 3 : 단 한 발로 사슴 한 마리를 잡았습니다!
연산군 : [호쾌한 웃음을 터뜨린다] 핫핫핫!
호위 무장들 : [말없이, 서로 돌아보면서 고개를 끄덕인다.]
연산군 : [즐거운 표정] 좋구나! 계속 사냥감을 몰아라!

무장들, '이제 그만 사냥을 마쳤으면' 하는 낯빛과 눈빛을 주고받는다.

모두들 호위 대장을 향해서 눈을 껌벅인다. 마지못해 호위 대장이 고양이 목에 방울을 단다.

'청렴 문관' 정붕鄭鵬과 '청렴 무관' 이순신 李舜臣

호위 대장 : [망설이다가] 저어… 전하…, 날이 몹시 춥습니다. 몰이꾼으로 나선 백성들도 이제 지쳐서 제몫을 못하니 오늘은 이만 하심이….

연산군 : [못마땅한 눈총을 주며] 무슨 소리냐? 한창 흥이 오르고 있다! 계속 사냥감을 몰아라!

호위 대장의 눈짓을 받은 병사들 : [지친 표정과 몸짓이 역력한 백성들을 독려하며] 뭣들 하느냐? 어서 몰이에 나서라!

백성들이 수풀 사이로 흩어져 들어가면서 "땡–땡땡—!" 꽹과리를 울린다. 지친 탓에 제 발에 걸려 넘어지는 백성도 있다. 손을 내밀어 쓰러진 동료 몰이꾼을 잡아 일으키려던 다른 백성도 덩달아 주저앉는다.

이때 수풀 사이에서 멧돼지 한 마리가 "우두두두" 소리를 내며 뛰어나온다. 못 본 백성도 있다. 누군가는 피할 준비를 하지만, 전혀 상황 파악을 못 한 채 태평스럽게 사냥 몰이꾼 역할에만 매달려 있는 백성도 한둘이 아니다.

백성 1 : 피해라! 멧돼지다!
백성 2 : [백성 1과 동시에] 위험하다! 드러누워!

백성들이 좌우로 황급히 쓰러지고, 멧돼지가 그 사이로 질주한다. 달려갔던 멧돼지가 몸을 휙 돌이켜 사람들이 있는 쪽을 "쿠릉! 쿠릉!" 소리 내며 노려본다.

연산군 : [신난다는 음색으로] 호오, 멧돼지 아니냐! 오늘 사냥이 근사해지겠군. 사슴 토끼 따위뿐이었는데 호랑이 못잖은 놈이 나타났으니 내 솜씨를 빛낼 천재일우의 기회가 왔구나! [활과 화살을 꺼낸 후, 호위 대장을 돌아보며] 그렇지 않느냐?

호위 대장 : 전하, 멧돼지는 사나운 짐승입니다. 조심하셔야 합니다.

연산군 : [시위를 당길 태세를 갖추며] 내 활 솜씨를 우습게 여기고 있구나?

호위 대장 : [당황한 표정으로] 아, 아닙니다. 그냥 조심하시라는 뜻으로….

멧돼지가 몸을 돌이켜 달아날 자세를 취한다. 연산군, 말 엉덩이에 채찍을 때려 앞으로 내닫는다. 멧돼지는 달아나고 연산군은 '두두두' 말발굽을 달려 멧돼지를 뒤쫓는다.

연산군이 "핑, 핑, 피융!" 연이어 화살을 날린다. 화살은 계속 빗나가고 멧돼지는 점점 멀어져 작아진다.

초조해진 연산군, 호위 대장에게가 아니라 병사들에게 직접 명령을 내린다.

연산군 : [병사들을 향해] 막아라! 내가 반드시 잡겠다!

호위 대장 : 전하! 산 반대편도 몰이꾼 백성들이 지키고 있으니 멧돼지는 반드시 돌아올 것입니다. 기다리소서!

'청렴 문관' 정붕鄭鵬과 '청렴 무관' 이순신李舜臣

호위 대장의 말이 채 끝나기도 전에 멧돼지가 모습을 드러내더니 다시 이쪽으로 달려온다. 창을 겨눈 병사들이 멧돼지를 에워싼다. 멧돼지가 달려들지 못하고 엉거주춤하게 서 있다. 연산군이 말을 탄 채 멧돼지 쪽으로 다가가 활을 쏜다. 화살을 맞은 멧돼지가 "꽥꽥!" 소리를 지르다가 갑자기 연산군이 탄 말을 향해 달려든다. 말도 놀라 "히히힝!" 비명을 지르면서 온몸을 허둥대고, 연산군도 기겁을 하여 낙마할 뻔한다.

　연산군 : [겁먹은 눈빛으로 호령한다] 막아라, 어서 막아!

　호위 대장이 재빨리 "피잉!" 활을 쏜다. "쌩!" 소리를 내며 날아간 화살이 "퍼억!" 소리를 내며 명중하자, 멧돼지는 "꽤액!" 비명을 내지르며 나자빠진다. 한참 동안 몸부림을 치는 멧돼지, "씩씩…" 숨소리와 버둥대는 몸동작이 차차 잦아진다. 죽었는지 숨이 붙어 있는지 알 수 없을 만큼 멧돼지의 움직임이 미미하다. 그 광경을 지켜보고 있던 연산군이 말에서 뛰어내린다. 병사에게서 창을 빼앗아 손에 움켜쥔 연산군이 멧돼지를 향해 다가선다.

　연산군 : [멧돼지의 목을 창으로 툭툭 건드리면서] 이놈이 아직 죽지 않았군. 감히 짐승 따위가 이 나라의 임금인 나를 공격해?

잣과 꿀, 그리고 오동나무

"퍼억! 퍼억! 퍼억!" 멧돼지를 계속 창으로 찌르는 연산군. 피가 사방으로 마구 튄다. 연산군이 또 다시 창으로 멧돼지의 얼굴을 "툭툭!" 친다.

연산군 : [씨익 웃으며] 아주 됐졌군!

죽은 멧돼지의 몸에 창을 확 내리꽂고 돌아서는 연산군. 그의 얼굴이 비정한 살기로 가득 찬다. 화면에 연산군의 냉혹한 표정이 한참 동안 정지된 채로 떠 있다. 그 동안, 당시 시대 상황을 말해주는 목소리가 들려온다.

선비 1 : 열아홉에 즉위한 지금 임금은 왕위에 오르고 4년째(1498년)에 무오사화를 일으켰지. 임금은 자신에게 올바른 왕 노릇을 하라고 압박하는 신흥 사대부들을 무참하게 죽였어!
선비 2 : 즉위 10년째인 올해(1504년)도 갑자사화를 일으켰지. 임금은 자신의 생모가 폐비된 후 사약을 받고 죽은 데 대한 보복으로 선비들을 참형에 처하고 귀양 보냈어.
선비 3 : 임금이 날마다 사냥이나 다니고 연회나 벌여대니 나라꼴이 이게 뭔가? 어디 그뿐인가? 나라 방방곡곡에서 재색이 뛰어난 여인들을 대거 선발해서 궁궐에 들여놓고도 모자라 대신의 딸이고 같은 왕족이고 가리지 않고 능욕하고 있어!

'청렴 문관' 정붕鄭鵬과 '청렴 무관' 이순신李舜臣

선비 1 : 보고만 있어야 하는가? 충신이 나서서 임금을 말려야 나라가 바로 될 텐데 어쩔 것인가? 6년 전 무오사화 때 수많은 선비들이 죽임을 당했고, 얼마 전 갑자사화 때도 무수한 선비들이 처형되고 유배를 갔는데, 누가 있어 임금의 폭정을 막을 수 있겠나? 큰일일세, 큰일!

연산군의 얼굴이 사라지고 흰 구름이 두둥실 아름답게 떠 있는 하늘로 화면이 바뀐다.

제 3장
한양으로 가는 선산 아이

 흰 구름 아래로 멀리 굽이굽이 산맥 능선이 보이고, 더 멀리 바라보면 화면 아래로 산자락이 나타난다. 이윽고 하늘 아래로 산비탈에 붙은 한적한 농가 마을이 보인다. 자막 [경상도 선산].

 붉은 황토가 두드러진 밭에서 30대 초반 농부가 괭이질을 하고 있다. 그가 괭이질을 하고 있는 밭의 좁은 도랑 너머 밭에서는 또 다른 농부가 땀을 흘리고 있다. 그는 쉰쯤 되어 보이는 늙은 농부다.

 늙은 농부 : [힘들게 허리를 펴며] 아이고, 나리! 힘들지 않으신지요? 평생 농사만 지으며 살아온 저희 같은 무지랭이도 온몸이 들쑤시는데 어찌 이 고생을 사서 하십니까?
 정철견 : 허허, 함창 현감을 그만둔 게 벌써 여러 해 전인데 아직도 "나리"라는 호칭을 쓰니 어쩐지 어색하게 들리는구만. 벼슬이 싫어 스스로 현감 자리를 내려놓았으니 앞으로는 "나리"라고 부르지 말게.

'청렴 문관' 정붕鄭鵬과 '청렴 무관' 이순신李舜臣

10세가량 보이는 아이 하나가 밭이랑을 가로질러 황급히 달려오면서 정철견을 부른다.

　　아이 : 나리이 ―! 사또나리이 ―!

　　아이가 넘어질 듯 허겁지겁 달리는 모습이 귀엽기도 하고 해서 정철견과 늙은 농부가 마주 보며 웃는다.

　　농부 : 저것 보십시오. 아이도 "나리"라고 부르지 않습니까? 자고로 아이들이 가장 정확하게 안다고 했습니다.

　　엎어질 듯 뛰어온 아이가 어느 샌가 두 사람 앞에 선다. 이마에 땀이 송골송골 묻어 있다.

　　정철견 : 허허, 녀석도……. 내가 아직도 사또냐?
　　아이 : ["학학' 숨을 몰아쉬며] 빠, 빨리 가야 돼요! 마님께서 곧 아기를 낳으신답니다!
　　정철견 : [건성으로] 그러냐? 내가 간들 출산에 무슨 도움이 되겠느냐? 한 이랑만 더 일구고 가겠다.
　　아이 : [정철견의 소매를 잡아끈다] 사또나리이! 밭일은 내일 해도 되잖아요? 도련님께서 곧 태어나신다니까요!
　　정철견 : 인석아, 사내아이일지 계집아이일지 네가 어찌 안다고 도련님 타령이냐?

잣과 꿀, 그리고 오동나무

아이 : 우리 엄마가 말했어요, 사또나리 댁에 도련님이 탄생한다고! 우리 엄마가 얼마나 용한 산판데요! 못 맞춘 적이 없어요! 어쨌거나! 사또나리께서 지금 바로 안 가시면 제가 혼나요. 그러니까 당장 가셔야 해요.

정철견 : [웃으며] 알겠다. 가보자꾸나.

정철견이 아이를 앞세우고 마을로 출발한다. 늙은 농부가 그 뒤에서 꾸벅 절을 한다. 아이와 함께 정철견이 대문을 통과할 즈음, 초가집 뜰은 솥에 물을 끓이고 평상에 기저귓감을 챙기는 등 아낙들로 부산하다.

정철견이 마당 안으로 들어서자 모두들 자리에서 일어나 허리를 굽힌다. 때마침 방에서 "으아앙!" 하고 힘찬 아기 울음소리가 들려온다.

아이 : 와아, 딱 맞춰 도착하신 거예요!
정철견 : [싱긋 미소를 짓는다. 말은 없다.] ······.
아낙 1 : 아이구, 출산하셨네!
아낙 2 : 울음소리가 천둥 같으니 크게 될 도련님이셔!
산파 : [문을 나오며] 옥동자를 순산하셨습니다!

정철견, 마루에 올라 방문을 열고 안으로 들어간다. 이윽고 강보의 아이를 안고 환하게 웃는다. 자리에 누운 채 담담히 미소를 짓고서 남편을 바라보는 정붕의 모친 옥씨.

'청렴 문관' 정붕鄭鵬과 '청렴 무관' 이순신李舜臣

밖에서 담장 너머로 초가집을 바라보면, 마당의 아낙들이 환한 미소를 지으며 뭔가 덕담을 주고받고 있다. 산파가 자기 아들의 머리를 쓰다듬는다.

점점 초가집이 멀리 보이고, 마을 뒤쪽의 산자락이 화면에 가득 찬다. 산자락이 단풍이 들었다가 설경이 되고, 봄꽃이 피고, 여름 짙은 녹음이 되었다가 다시 단풍이 들고 겨울산이 된다. 사철 경치는 천천히 변하고, 세월이 흘러가는 느낌이 뚜렷하다.

가을 단풍이 최고의 아름다움을 뽐내는 산자락 풍경이 화면을 가득 메운다. 바람에 흩날려 잎사귀들이 우수수 떨어지고, 나무들 사이로 희끗희끗한 물체가 드러나더니 이윽고 열넷 정도 된 얼굴의, 체격은 스물대여섯 쯤의 건장을 뽐내는 아이가 지게에 땔감을 진 채 모습을 드러낸다.

아이는 조심조심 산을 내려온다. 산길을 지나고 밭둑을 지나 아이는 아까 출생하는 날의 장면을 보여주었던 초가 마당으로 들어선다. 마당에서는 정붕의 부모가 알곡을 말리는 중이다. 정붕 출생 때 30대 초반이었던 정철견도 어느덧 40대 중반 나이를 짐작하게 해주는 얼굴을 하고 있다.

정붕 : [마당 한쪽에 땔감을 쌓으며] 아버지! 비가 올 듯합니다. 알곡을 거두어 놓아야겠습니다.

정철견 : [하늘을 보며] 하늘이 저리 청명한데?

옥씨 : 이렇게 새파랗고 깨끗한 하늘에서 비가 온다고?

정붕 : 아까 산에서 나무를 하면서 보았는데, 개미들이 개미집 입구를 열심히 틀어막고 있었습니다.

옥씨 : 그게 비 오는 것과 어떤 상관이 있느냐?

정붕 : [모친 옥씨를 정겹게 바라보며] 개미들은 빗물이 자기네 집으로 들어올까 봐 미리 대비를 한 것입니다. 어머니, 한갓 미물들도 비가 올 것을 알고 미리 대비를 하는데 사람도 당연히 그렇게 해야 하지 않겠습니까?

옥씨 : [미소를 지으며] 네 말이 언제 틀린 적이 있었느냐? 당장 그렇게 해야지. 비가 언제 올지 모르니 서둘러야겠다.

정붕 가족들이 알곡을 가마니에 담고, 그것을 광(곡물 창고) 안으로 옮겨 차곡차곡 쟨다. 모친은 광 출입문 밖에서 안의 작업 장면을 들여다보다가 눈길을 초가지붕 위로 보낸다. 초가지붕은 그물처럼 가로세로 새끼줄로 단단히 묶여 있고, 그 위에 돌로 짓눌려 있다.

[옥씨의 음성] "한 달 전에는 새들이 떼를 지어 날아가는 것을 보고 네가 강풍을 예견했었지. 덕분에 마을 사람들이 모두 지붕을 새끼줄로 꽁꽁 묶고, 무거운 돌로 눌러 뒀었지 않느냐? 덕분에 피해가 거의 없었지."

마을 안 공터. 주민들도 말리던 알곡을 가마니에 담고 있다.

'청렴 문관' 정붕鄭鵬과 '청렴 무관' 이순신李舜臣

마을사람 1 : 이 좋은 가을날에 난데없이 비가 온다네!
마을사람 2 : 사또나리댁 붕이 도련님 말이라면 틀림이 없으니 믿어야지.
마을사람 3 : 조금 있다가 밤이 되면 알 수가 있겠지. 달무리가 지면 비가 온다는 징조 아닌가?
마을사람 4 : 하지만 그때까지 지체했다가는 이미 늦어. 비가 언제 올지도 모르는데 사또 지나가고 나발 불면 뭐 하나? 사전에 대비를 해야지. 게다가 캄캄한 밤에 알곡을 거둬서 가마니에 담는 일은 하기도 어렵고…….
마을사람 1 : 자, 말들은 나중에 하고 어서어서 서둘러 알곡을 가마니에 담으세.

새벽. 먹구름이 몰리면서 "콰르릉, 쾅쾅!" 우레 소리가 천지를 뒤흔든다. 쏴아아... 세찬 빗줄기가 쏟아진다. 방문을 연 채 마당을 내다보고 있는 정철견 부부.

정철견 : 허어, 이번에도 붕이의 예상은 틀리지 않았어. 하마터면 애써 거둔 곡식을 모두 상하게 할 뻔했군.
옥씨 : 그러게요, 붕이는 평범한 아이가 아닌 같아요.
정철견 : 그래도 난 붕이가 벼슬길에 나아가는 것을 원하지 않소.

빗줄기 뒤로 정철견 부부 방의 불빛 서린 창이 보인다.

그 옆 정붕의 방 안에는 책상 옆에 서책을 쌓아놓은 채 공부를 하고 있는 모습이 보인다. 다시 안방. 정철견은 서책을 보고 있고, 옥씨는 여전히 밖을 응시하고 있다.

정철견 : 붕이 역시 과거에 별 뜻이 없는 것 같소. 학문에 정성을 기울이되 스스로를 수양하는 위기지학爲己之學에만 마음을 두었으면 좋겠소.

옥씨 : 학문에 힘써서 마음과 행실을 바르게 가꿀 수만 있다면 그보다 더 바람직한 일이 어디 있겠어요? 수신제가치국평천하修身齊家治國平天下라는 말도 있지 않습니까?

정철견 : [고개를 끄덕인다. 말은 없다.] …….

옥씨 : 하지만 셋째 서방님께서 붕이를 자꾸만 과거 시험에 응시시키라고 권하시니…….

정철견 : 석견은 우리 집안의 재목이지만 붕이도 과연 그만한 그릇인지 모르겠구려.

정철견 부부 방의 불이 꺼지고, 빗줄기 사이로 저 혼자 발그레 빛을 발하던 정붕 방의 불도 이윽고 꺼진다.

비가 쏟아지는 캄캄한 밤이 한참 이어지다가 비가 그치고, 이윽고 환하고 청명한 아침이 찾아온다. 어느새 광에서 마당으로 꺼내놓은 알곡을 옥씨가 키로 고르고 있다.

하인 하나를 대동한 30대 중반의 선비가 정철견 집 마당 안으로 들어선다. 자막 [정붕의 숙부 정석견].

'청렴 문관' 정붕鄭鵬과 '청렴 무관' 이순신李舜臣

정석견이 들어오는 것을 본 옥씨가 허리를 일으키며 환하게 웃는다.

정석견 : [정중히 인사] 그간 안녕하셨습니까, 형수님!
옥씨 : 어서 오세요. 작은 서방님. 기별도 없이……
정석견 : 이번에 내직(중앙정부 관직)으로 발령을 받아 한양으로 올라가게 되었습니다. 그래서 형님과 형수님께 인사를 드리러 왔습니다. [집과 마당을 주욱 둘러보는 정석견. 눈길이 정붕의 방 문에 가서 멈춘다.]

정붕 방의 닫힌 문 밖으로 글 읽는 소리가 들려온다.
"부생아신 모국아신에 복이회아 유이포아하고 이의온아 이식활아라"
방 안에서 정붕이 책을 읽고 있다. 자막 [《소학》].
정붕의 음성과 읽는 내용 글자가 맞춰서 화면에 뜬다.

[음성] 부생아신 [자막] 父生我身
[음성] 모국오신 [자막] 母鞠吾身
[음성] 아버지 날 낳으시고 어머니 날 기르셨네.
[음성] 복이회아 [자막] 腹以懷我
[음성] 유이포아 [자막] 乳以哺我
[음성] 배로써 날 품어주시고 젖으로 날 먹여주셨네
[음성] 이의온아 [자막] 以衣溫我

[음성] 이식활아 [자막] 以食活我
[음성] 옷으로 날 따뜻이 하고 음식으로 키워주셨네.

다시 정붕 방의 닫힌 문이 보인다. 다시 정붕의 목소리가 들려온다. "아버지 날 낳으시고 어머니 날 기르셨네. 배로써 날 품어주시고 젖으로 날 먹여주셨네. 옷으로 날 따뜻이 하고 음식으로 키워주셨네."

정석견 : [고개를 천천히 끄덕이며] 흐음, 《소학》 효경孝經 편이로군. [그러나 약간은 못마땅한 표정으로, 옥씨를 돌아보며] 붕이의 나이에 어울리는 책으로 보기는 어렵습니다.

정철견 : [농기구를 들쳐 메고 마당으로 들어선다] 예안 현감을 그만두고 내직으로 가게 되었다며? 사간원 정언이라면 아주 청요직(사헌부·사간원·홍문관 관원으로 관리를 감독하고 임금에게 직언을 하며 청淸빈이 요要구되는 직職책)이니 동생의 능력과 성품에 딱 어울리는 자리로구나.

정석견 : 제가 잘 감당할 수 있을지 내심 걱정이 됩니다.

정철견 : 무슨 소리냐? 너만한 인물이 어디 또 있다고?

정석견 : 팔이 아주 안으로 굽었습니다, 형님.

정철견 : 허허허. [호탕하게 웃는다. 옥씨와 석견도 밝게 웃음을 터뜨린다.] 그런데 내가 듣기로는 요즘 한양에서 명망이 높은 젊은 학자 한훤당(김굉필)도 줄곧 《소학》을 옆에 끼고 살아 "소학 동자"라는 별명을 얻었다고 하더구나.

'청렴 문관' 정붕鄭鵬과 '청렴 무관' 이순신李舜臣

정석견 : 맞는 말씀입니다. 붕이가 《소학》을 공부하고 있는 것이 나이에 맞지 않다고 한 소제의 생각이 짧았습니다.

형제가 나란히 안방으로 들어가서 좌정을 하고, 이어서 뒤따라 들어온 정붕이 정석견에게 절을 올린다.

정석견 : 붕이는 《소학》 외에 달리 배운 경서가 있느냐?
정붕 : 《통감절요》와 《명심보감》 정도입니다, 숙부님.
정석견 : 송나라 사마광이 저술한 '자치통감'을 간추린 역사서 《통감절요》와, 고려 문신 추적이 중국 선현들의 명언과 명문을 추려 편찬한 《명심보감》을 공부하고 있다아?
정붕 : [정석견을 쳐다본다] ······.
정석견 : [잠시 눈을 감고 입술을 지긋 깨물더니 "흐음" 기침을 하면서] 어렸을 적부터 신동으로 불린 네가 학문은 게을리한 듯싶구나.

문득 방 분위기가 무거워지고 정철견 부부와 정붕은 입을 굳게 나물고 있다. 한참 후 정석견이 말을 잇는다.

정석견 : 형님, 붕이는 우리 가문의 옥수玉樹입니다. 크게 될 재목입니다. 그런데 왜 과거 공부를 시키지 않으십니까?
정철견 : 내가 잠시 현감 자리에 있어 봤지만 관리 생활이 별로 어울리지 않더구나.

정석견 : [말없이 정철견을 쳐다본다.] ……?

정철견 : 붕이도 나를 닮아서 역시 성격이 자유분방하다. 과거를 해서 조정에 나아가도 관직 생활을 무난히 하게 될는지 걱정스럽구나.

정석견 : 학문이 꼭 관리가 되기 위함은 아니지 않습니까? 공부는 수신제가修身齊家를 위해 반드시 실행해야 하는 필수 과정인데, 과거는 학문의 기본을 평가하니 공부가 어느 정도 되었는지를 가늠할 수 있는 좋은 척도일 것입니다.

정철견 : [눈을 감고 듣고만 있다.] …….

정석견 : 관리 생활을 하느냐 마느냐는 나중에 결정하면 되는 일이 아니겠습니까? 우선은 과거 시험이 다루는 학문들을 철저히 공부함으로써 수신제가로 가는 첩경을 걷는 것이 바람직합니다.

정철견 : [여전히 눈을 감은 채 듣고만 있다.] …….

정석견 : 형님께서 허락하시면 제가 붕이를 서울로 데리고 가서 공부를 시킬까 합니다.

놀라서 눈을 크게 뜨는 정붕. 여전히 눈을 감고 있는 정철견.

정석견 : [정철견을 향해] 제게 붕이를 맡겨 주십시오.
정철견 : [그제야 눈을 뜨고 아들 정붕을 바라보며] 네 생각은 어떠하냐? 본격적으로 학문에 매진해 보겠느냐?

'청렴 문관' 정붕鄭鵬과 '청렴 무관' 이순신李舜臣

정붕 : [잠시 뜸을 두고 마른 침을 꿀꺽 삼키며] 아버지께서도 제가 과거에 급제하기를 원하십니까?

정철견 : 방금 네 숙부가 말하지 않았느냐? 과거가 꼭 벼슬을 위한 과정인 것만은 아니다.

정붕 : [진지한 표정으로 정석견을 쳐다본다] ······.

정석견 : [목소리에 힘을 실어] 배우고 익힌 바를 다른 사람들과 견주어 보는 기회라고 생각하면 된다. 학문한 결과를 백성들을 위해 위인지학爲人之學으로 활용할 것인가 여부는 나중에 세상을 보아가며 정하면 된다. 공자께서도 도가 있는 세상에서는 나아가 뜻을 펼치고, 도가 없는 세상에서는 숨으라고 말씀하셨지 않느냐?

정붕 : [굳은 표정으로 생각에 잠겼다가] 알겠습니다. 한양에 가면 배울 기회가 많지 않겠습니까? 숙부님을 따라가겠습니다.

웃으면서 담소를 나누는 정철견·석견 형제의 모습. 혼자 마당으로 나와서 먼 하늘을 바라보는 정붕.

옥씨가 다가와 아들의 어깨를 보듬어 안는다. 어머니의 품에 안기는 정붕. 어느덧 황혼이 서산 너머로 지고, 어두운 시골 밤이 칠흑같이 마을 전체를 휘감는다.

날이 밝으면, 괴나리봇짐을 둘러멘 세 사람이 한양으로 출발한다. 정철견 부부가 대문 앞에 서서 멀어져가는 그들을 보고 있다.

정붕이 숙부와 하인의 뒤를 따르다가 자꾸 돌아보며 손을 내젓는다. 마주 손을 흔들어주는 모친 옥씨는 웃다가 문득 눈가에 살짝 물기가 서리기도 한다. 정철견은 아우와 아들의 뒷모습을 담담히 바라보고 있다.

옥씨 : [옷소매로 눈물을 닦는다] 붕이가 잘 지낼 수 있을까요?

정철견 : 붕이가 높은 벼슬에 오르는 것은 바라지도 않소. 공부하는 사람으로서 높은 학문의 경지를 이루고, 관리로서는 세속에 물들지 않고 소나무처럼 푸른 절의를 지킬 수만 있다면 최상의 선비가 되는 것이오. 나는 우리 붕이가 그런 인물로 성장하리라는 사실은 믿어 의심하지 않는다오.

정석견과 정붕의 뒷모습이 점점 멀어지다가 이윽고 시야에서 사라진다.

자막 [도성]. 도성 전경이 보이고, 멀리서 정석견과 정붕의 걸어오는 앞모습이 깨알만하게 시작되어 점점 크게 보인다. 시야를 가득 채웠던 정석견과 정붕의 앞모습이 다시 뒷모습으로 바뀌고, 차차 작아지더니 어떤 기와집 대문 안으로 들어간다. 두 사람의 어깨 너머로 대청마루의 강학 장면이 조그맣게 보인다. 20대 후반의 선비가 앉아서 강의를 하고 있는 모습이 크게 보인다. 뒷날 조선5현朝鮮五賢의 한 사람으로 우러름을 받게 되는 김굉필이다. **자막** [김굉필].

'청렴 문관' 정붕鄭鵬과 '청렴 무관' 이순신李舜臣

김굉필 : [자리에서 일어서며] 오늘 강론은 이만 마치겠다. 우리가 공부하는 모든 것은 논어의 말씀대로 온고지신溫故知新을 이치로 한다. 하늘 아래 아주 새로운 것은 없다. 오늘 공부한 바를 잘 익혀야 새로운 것을 아는 데 큰 힘이 된다. 무턱대고 새로운 것을 찾아 방황하지 않도록 해라. 기존에 배운 학문을 깊이 익히는 것이 중요하다.
　　소년 유생들 : 예, 스승님!

　　허리를 굽히며 대답한 소년 유생들이 우르르 마당으로 내려선다. 소년들이 선두를 다투듯이 전속력으로 마당을 가로질러 대문을 향해 내달린다. 소년들이 모두 대문 밖으로 사라지고 난 뒤에 그들보다 조금 키가 큰 아이 하나가 남아 있다. 소년이 힐끗힐끗 정붕을 쳐다본다. 정붕은 그가 자신을 쳐다보는 줄 알아채지 못한다. 정석견이 먼저 김굉필 쪽으로 다가간다.

　　김굉필 : [대청마루에서 정석견과 인사를 나눈다] 자건(정석견) 형께서 기별도 없이 어찌 이렇게 오시었소?
　　정석견 : ["허허" 웃으며] 한훤당을 못 본 지 몇 달이나 되었으니 그리워서 왔지.

　　정석견이 마루 위로 올라간다. 두 사람이 마주 앉은 후 정석견이 김굉필을 바라보며 말한다.

잣과 꿀, 그리고 오동나무

정석견 : 부탁이 있네.

김굉필 : ['무슨 부탁?' 하는 표정으로 바라본다.] ……?

정석견 : [정붕을 가리키며] 저 아이 말일세…….

정붕은 아직 대문 쪽에 서 있다. 소년도 여전히 정붕 앞에 서 있다. 나중에 알게 되지만 이 소년은 정붕보다 4세 어린 이목으로, 정붕보다 각각 3년 뒤에 초시와 과거 본과에 합격한다. 이목이 정붕에게 말을 건넨다.

이목 : [망설이는 기색도 없이] 선비께서는 체격이 담대하고 인물이 출중하셔서 저절로 우러러 보입니다.

정붕 : [약간 당황한 기색으로] 선비? 내가 무슨 선비……. 나는 그저 한훤당 선생께 배우러 온 유생이라네.

이목 : [여전히 당돌하게] 유생? 연세가 많아 보이는데?

정붕 : [약간 정신을 차린 기색] : 그대는 예도 모르는가? 왜 집으로 돌아가지 않고 남아서 초면인 사람에게 함부로 말을 붙이나?

이목 : [생글거리며] 나는 이곳 유생이 아니라 점필재(김종직) 스승의 문하로, 한훤당 형과 동문수학하는 중이지요.

정붕 : ['무슨 소리냐?' 하는 표정으로] …….

이목 : [더욱 생글거리며] 아무튼 만나게 되어 기쁩니다. 나는 본디부터 여러모로 잘난 인재를 좋아하거든요.

정붕 : [어이가 없어서] 허허어…….

'청렴 문관' 정붕鄭鵬과 '청렴 무관' 이순신李舜臣

이목 : [그래도 여전히 생글거리며] 나는 신묘년 생이지요. [빠른 말투로] 선비께서는 어찌 되오?

정붕 : [얼떨결에] 정해년…….

이목 : [놀리듯이] 열다섯? 그럼 겨우 네 살 차이? 열 살은 많은 줄 알았는데……. 아무튼 앞으로 형으로 모시겠소.

정붕 : [쥐어박을 듯이] 이런!

이때 정석견이 손짓으로 정붕을 부른다. 정붕이 이목을 흘낏 보고 마루 쪽으로 간다. 정석견이 정붕에게 말한다.

정석견 : 인사 올려라. 너의 스승이 되실 분이시다.

정붕 : [김굉필에게 절 올린다] 정붕입니다, 스승님.

김굉필 : [실소하듯이] 허어, 내가 가르치기에는 너무 나이가 많은 듯 보이는데…….

정석견 : 나이에 비해 체구가 다소 커서 그렇지 아직 어린아이일세. [정붕에게] 올라오너라.

마루로 올라가 반듯하게 무릎을 꿇고 앉는 정붕. 그런 정붕을 주시하던 김굉필이 이윽고 담담한 미소를 머금고서 입을 연다.

김굉필 : 눈빛이 아주 좋군! 세상을 꿰뚫는 총기가 가득하고 소나무와 같은 절의가 느껴지는구나.

정석견 : 아름답게 보아주니 그저 고마울 따름이네.

정붕 : [말없이 조용히 목례를 올린다.] …….

김굉필 : 붕아, 나는 고작 생원시에 급제했을 뿐인데 이런 내게 무엇을 배우려고 하느냐?

정붕 : 스승님께서는 《소학》을 접하신 뒤 스스로의 지난 잘못을 깨달으셨다고 들었습니다.

김굉필과 정석견 : [말은 하지 않고, 흐뭇한 미소를 띠며 서로를 마주본다.] ……. [정붕의 목소리] 저는 《소학》을 접하기는 했지만 아직 무엇을 잘못했는지 조금도 깨닫지 못하고 있습니다. 이 한 가지만 보아도 저는 스승님께 배워야 할 것이 너무 많습니다.

김굉필 : ["하하" 소리를 내어 웃으며] 자건 형 가문에 영특한 신동이 있다더니 바로 너로구나.

마당에서 멀리 바라보이는 대청마루. 가까이 다가서면 김굉필과 정붕의 밝은 표정과 대화를 보고 듣게 된다.

김굉필 : 내 학통은 야은(길재) 선생님으로부터 시작돼 강호산인(김숙자), 점필재(김종직) 스승님께 이어졌다. 이제 너를 대하니 학통을 계승할 문하생 근심은 더 이상 하지 않아도 될 듯하구나.

정붕 : [환한 표정으로] 과찬의 말씀이옵니다. 열심히 배워서 스승님의 기대에 꼭 부응을 하겠습니다.

'청렴 문관' 정붕鄭鵬과 '청렴 무관' 이순신李舜臣

정석견과 김굉필이 헤어지는 인사를 한다. 정석견이 대문 밖으로 나가고, 그 뒷모습이 점점 멀어진다. 화면은 대청마루로 돌아오고, 김굉필이 정붕에게 무엇이라 말하고 있다. 이윽고 김굉필이 자리를 뜬다. 대청마루에 등불이 켜진다. 정붕이 글을 쓴다. 한참 후 김굉필이 다시 오고, 정붕이 다 쓴 과제를 김굉필에게 올린다.

김굉필 : 호오, 벌써 다 썼느냐?
정붕 : 부족함이 많으니 꾸짖어 주십시오.
김굉필 : [말없이, 정붕의 과제 제출문을 읽으면서 흐뭇한 미소를 띠고 고개를 끄덕인다.] …….

낮. 자막 [3년 뒤]. 정붕이 책을 편 채 물가에 앉아 있다.

정붕 : 유붕有朋이 자원방래自遠方來하니 불역낙호不亦樂乎아?
음성 : 벗이 멀리서 찾아오니 또한 즐겁지 아니한가?
정붕 : [누군가가 자신의 독음을 해석하는 데 놀라 흠칫 뒤를 돌아보며, 공손한 목소리로] 뉘시온지? [하며 일어선다.]
성희안 : [갓을 쓴 24세 선비의 모습] 그대의 글 읽는 음성이 너무나 낭랑하고 청명해서 나도 모르게 발길을 돌리게 되었소. 홍문관 정자正字(정9품) 성희안이라 하오. 허허, 내가 공연히 공부를 방해한 것은 아닌지 모르겠소.

정붕 : [두 손으로 아니라는 표시를 내어, 여섯 살 연상의 과거 급제자 성희안에게 겸양을 나타낸다.] 아, 아닙니다.

성희안 : 그대는?

정붕 : 저는 한훤당 문하의 유생 정붕이라 합니다.

성희안 : 아, 그대가 바로! 이렇게 만나다니 …… 한훤당 선생께 이야기를 많이 들었소.

정붕 : 제 스승님을 아십니까?

성희안 : 아다마다! 도성에서 소학동자를 몰라서야 어찌 글 읽은 선비라 할 수 있겠소?

정붕 : [환한 표정으로 말없이 고개를 끄덕인다.] …….

성희안 : 한훤당 선생이 나보다 7세 연상이니 연배가 아주 많지는 않지만 학문의 깊이는 이루 형언할 수 없이 높으신 대단한 학자이시지.

성희안의 권유로 두 사람은 바위에 나란히 앉는다. 두 사람이 가끔 서로 마주 보며 담소를 나누는 모습이 정겹게 한참 동안 이어진다.

차차 두 사람의 뒷모습이 작아지면서 높고 푸른 하늘이 시야 가득 푸르게 빛난다. 흰 구름이 화사하게 시야를 온통 차지했다가 조금씩 원경으로 멀어지면 차차 산의 능선이 보이고, 이어 궁궐의 지붕이 보인다. 궁궐 마당에 갓과 도포 차림의 선비들이 줄 맞춰 앉아 있다. 자막 [과거 초시 시험장]. 초시初試를 보는 과거라 젊은 유생들이 많다.

'청렴 문관' 정붕鄭鵬과 '청렴 무관' 이순신李舜臣

19세 정붕이 답안지를 쓰고 있다. 이윽고 답지를 제출하는 정붕. 다른 응시자들도 앞서거니 뒤서거니 줄을 지어 자신의 답지를 제출한다.

시험관들이 유생들의 답지를 검토한다. 한 시험관이 누군가의 답지를 보면서 고개를 끄덕인다.

합격자 명단을 적은 방이 붙어 있는 관아 밖. 현판 '成均館'.

선비들이 우르르 모여 방 앞을 메우고 있다. 무리의 틈을 헤집고 들어간 한 유생이 "붙었어! 합격이야!" 하고 환호를 토하며 주먹 쥔 손을 위에서 아래로 비스듬하게 내지른다. 그의 뒤를 따라 들어간 다른 유생이 벗의 합격을 반기면서 "축하하네! 지난번엔 나 혼자만 붙고 자네가 낙방을 해서 상심이 컸었는데 이젠 성균관에서 함께 공부를 하게 됐어! 어서 집으로 달려가 부모님께 기쁜 소식을 말씀드려야지!" 하고 말한다. 무리들의 표정이 제각각이다. 합격자와 불합격자가 뒤섞인 탓이다. 어떤 유생은 땅바닥에 앉아 고개를 숙이고 있다. 우는 모양으로, 어깨가 들썩들썩 한다.

성균관 출입문에서 성희안이 나온다. 환하게 웃는 얼굴의 성희안이 두 손바닥을 천천히 마주치면서 방 앞 유생들 쪽으로 걸어온다. 성희안의 곁에 젊은 선비가 한 명 동행하고 있다. 무리에 섞여 있던 정붕이 성희안 쪽을 향해 활짝 웃으면서 뛰어간다.

성희안 : 허허, 축하하네! 운정(정붕)이라면 단숨에 합격할 것으로 짐작했었지.

정붕 : 모두 스승님께서 힘써 지도해 주신 덕분입니다.

성희안 : [정붕의 팔을 이끌며] 오늘같이 기분이 좋은 날 술 한 잔이 없을 수 있나! 내가 축하주를 살 테니 가세!

정붕 : [웃으며] 감히 "유붕이 자원방래하니 불역낙호아."라고 말하겠습니다.

성희안 : [크게 웃으며] 우리가 여섯 살 터울이지만 뭐 대순가? 조선은 본래 열 살 미만이면 나이와 무관하게 벗으로 교유하라고 해 온 나랄세. 자네는 나의 훌륭한 벗이야!

정붕 : [손사래를 치며] 별말씀이십니다!

성희안 : [정붕을 향해] 이보게, 운정. 내가 평소 존경하는 벗 이요당二樂堂(신용개)을 그대에게 소개하겠네. [한 팔을 들어 신용개 쪽을 넌지시 가리키며] 이요당은 문충공(신숙주)의 손자 되시고, 지금은 사가독서賜暇讀書 중이라네. 임금의 명으로 공무를 보지 않고 집에서 공부에 전념하고 있으니 그것만 보아도 얼마나 촉망받는 문관인지 알 수 있지. 운정 자네보다는 네 살 연상이네.

신용개 : [웃으면서] 허허, 보잘 것 없는 사람을 하늘의 구름만큼 부풀리고 있네그려. [정붕을 바라보며] 신용개라 하오. 인재(성희안) 형으로부터 말씀 많이 들었소. 학문도 뛰어나지만 신장이 8척이나 될 만큼 풍채가 준수하다더니 과연 그렇구려. 앞으로 좋은 벗으로 교유하십시다.

'청렴 문관' 정붕鄭鵬과 '청렴 무관' 이순신李舜臣

정붕 : [두 손을 공손히 모아, 선비를 향해 절하며] 시생 정붕이라 합니다. 많이 가르쳐 주십시오.

성희안 : [흥겨운 음성으로] 자, 인사를 나눴으니 이제 주막으로 옮겨가세. [성희안이 앞장서고, 두 사람이 뒤따른다.]

주모 : [세 사람을 향해] 나리들, 어서 오셔요! [세 사람이 '어디 앉을까?' 하는 표정으로 둘러본다.] 이쪽으로 앉으시지요, 나리들!

성희안 : [주모가 권하는 자리에 앉자마자] 이제 대과 준비를 해야겠구먼. 뭐, 자네라면 다음 식년시에서 장원 급제도 따 놓은 당상이겠지만!

정붕 : [더 크게 손사래를 치며] 아휴, 무슨 말씀을……. 그도 그렇지만, 아직은 대과에 응시할 생각이 없습니다.

성희안 : [눈을 크게 뜨며] 그게 무슨 말씀이신가? 선비가 학문을 배우는 이유는 백성들을 위해 큰 뜻을 펴는 데 있지 아니한가?

정붕 : [미소를 띠며] 큰 뜻이 조정 안에만 있겠습니까?

성희안 : [떨떠름한 표정] …….

신용개 : [웃으면서] 운정은 보아하니 뜻이 큰 사람일세. 아무튼 좋은 결실을 이루시기 바라네.

정붕 : [담담히 미소] 명심하겠습니다.

주거니 받거니 세 사람의 술잔이 오가는 동안 달이 휘영청 밝다.

제 4장
격동의 세월

낮. 자막 [김굉필의 집].

김굉필의 자택 전경이 보인다. 대청마루에 두 선비가 앉아 있지만 멀어서 얼굴까지는 보이지 않는다. "하하핫!" 호쾌한 웃음소리가 들려온다. 마당으로 들어서는 정붕. 20대의 나이로 갓을 쓰고 있다.

정붕 : [혼잣말] 스승님께서 대낮부터 술을 드시는 일은 지금까지 뵌 적이 없는데……. 대체 누가 오셨지……?

정붕은 여전히 대문 안으로 들어선 바로 그 자리에 멈춰서 있고, 정붕 어깨 너머로, 대청마루 가운데에 주안상을 놓고 마주 앉아 있는 두 선비가 보인다. 가까이 다가서서 보면 그 중 한 사람은 김굉필이다. 마주 앉아 있는 선비는 남효온인데, 정붕은 아직 그를 알지 못한다.

술잔을 비우는 남효온. 찌그러진 갓에 너절한 도포 차림으로 야인풍의 선비다운 정체성이 역력히 드러난다.

'청렴 문관' 정붕鄭鵬과 '청렴 무관' 이순신李舜臣

남효온 : [다소 취한 목소리] 한훤당! 자네도 이제 늙었으니 소학동자가 아니라 소학노인이라 해야 하지 않겠는가?

김굉필 : 추강, 이 사람아. 내 나이가 어때서? 노인이라니? 그렇다면 자네는 월하月下노인이겠군!

남효온 : 월하노인? 신선이란 말씀! 이렇게 세상에 원망이 많은 신선이 있다고? [다시 술을 벌컥벌컥 들이킨다.]

김굉필 : [안타까운 눈빛으로 남효온을 응시하다가] 그건 그렇고, 자네는 언제까지 이렇게 살 생각인가? 야인 생활을 접고 이제 조정에 들어오게.

남효온 : [잔에 스스로 술을 따르며] 지금의 주상께서 성군이라 칭송이 높지만 잘못된 역사는 바로 잡지 못했어.

김굉필 : [말없이 남효온을 바라본다] …….

남효온 : [울화통이 터진다는 듯한 목소리로] 수양이 계유정난을 일으켜 황보인, 김종서 같은 충신들을 죽이고, 급기야는 [울먹이는 목소리로] 단종 임금도…. [고개를 숙인 채 한참 말이 끊겼다가] 그때 [다시 화가 난 음성으로] 수양에 빌붙어 천하만고 역적질을 한 자들이 공신이라는 이름으로 지금도 조정을 쥐락펴락 하고 있는데 내가 어찌 그런 조정에 들어가 한 무리로 섞일 수 있단 말인가!

김굉필 : [여전히, 말없이 남효온을 바라본다.] …….

남효온 : [아까보다 많이 취한 목소리] 한훤당 자네도 나한테 벼슬하라는 권유하는 걸 보면, 세월 이기는 장사 없다더니, 소학동자 명성도 이젠 녹이 슬었네그려.

김굉필 : [웃으며] 허허! 자네의 그 가시 돋힌 언변은 조금도 녹이 슬지 않았어.

남효온 : [대꾸없이 술잔을 들며] 자, 한훤당! 술이나 마시세! 문무왕이 유언하시지 않았나? 죽고 나서 아무리 큰 무덤을 만들어봐야 원숭이가 그 위에 올라와서 놀 텐데 현실세상에 큰 흔적을 남겨본들 다 무슨 소용인가!

김굉필 : [낮은 목소리로] 아무리 우리 둘이지만 할 말, 안 할 말 가려가며 하게. 낮말은 새가 듣고 밤말은 쥐가 듣는다고 하지 않는가?

남효온 : [말없이 "벌컥벌컥!" 소리 내어 술을 마신다.] …….

김굉필 : [손짓을 하며 정붕을 부른다.] 이리 오너라!

정붕 : [대청 앞으로 가서 허리를 숙이며] 부르셨습니까, 스승님.

김굉필 : [고개를 끄덕이며] 그래. 어서 오너라, 운정. [남효온 쪽을 보며] 내가 늘 존경하는 벗 백공이시다.

정붕 : [다소 놀란 목소리로] 아, 추강 선생이십니까? [쳐다보는 남효온을 향해 절을 올리면서] 시생 정붕이라 합니다.

남효온 : [손을 내젓는다] 됐네!

정붕 : [뜨악한 표정] ……?

남효온 : [아랑곳없이] 됐네, 됐어! 나 같은 야인한테 당치도 않게 웬 절인가? 하는 일이라고는 산천 유람하고, 술 마시고, 육신전六臣傳을 쓰는 것뿐이라, 그대와 같은 젊은 유림이 예의를 갖출 만한 위인이 되지 못해.

'청렴 문관' 정붕鄭鵬과 '청렴 무관' 이순신李舜臣

김굉필 : 무슨 말인가? 자네는 이 시대 최고의 선비일세. 다시는 그런 자학을 하시지 말게. 듣기 민망하네.

남효온 : [어이없다는 듯이 웃다가 문득 술잔을 들어 정붕에게 내밀며] 자, 자네도 한잔 받게.

정붕 : [두 손바닥을 엉거주춤하게 앞으로 내밀다가 거두어들이며] 아, 아닙니다, 제가 어찌 스승님 앞에서, 감히…….

남효온 : 자네는 한훤당으로부터 무엇을 배운 겐가? 술에는 지위가 없네. 귀신부터 아이까지 다 함께 마실 수 있는 것이 술이라는 사실도 모르는가?

김굉필 : [정붕에게] 소탈한 사람이니 사양하지 않아도 된다.

정붕 : [허리를 공손히 굽히며] 예, 그럼……. [하고는, 이윽고 남효온의 술잔을 받아든 정붕이 예의껏 들이킨 후 남효온에게 한 잔 따른다.] 한 잔 올리겠습니다.

남효온 : 좋구나! [술잔을 높이 쥐고 시를 읊듯이] 해와 달은 머리 위에서 환하게 비치고, 귀신은 내 옆에서 내려다보도다!

정붕 : [애잔한 표정] …….

남효온 : [점점 더 취한 음성] 이보게, 운정! 자네는 계유정난에 대해 어찌 생각하는가?

김굉필 : [정색을 하며] 허어, 또!

정붕 : 아닙니다, 스승님. 추강 선생께서 하문하셨으니 답변을 올리겠습니다.

잣과 꿀, 그리고 오동나무

남효온 : [고개와 어깨를 함께 끄덕여 술 취한 모습을 드러내며] 그래, 어디 말해보게!

　　정붕 : 시생 감히 한 말씀 올리겠습니다. 시생의 짧은 소견으로 보기에 추강 선생께서는 아픔이 많으신 분으로 사료됩니다. 지금 세상에서 세조대왕의 왕위 찬탈을 바로 잡는 것은 현실적으로 가능한 일이 아닌 듯 여겨지기 때문입니다. 다만 모자라는 식견과 문장으로 시생의 마음을 온전히 드러내기는 어려운즉 시로써 간명하게 답을 올릴까 합니다. 그렇게 하는 것도 용납하실는지요?

　　남효온 : [너털웃음을 터뜨리며] 그래? 그렇게 한다면 더욱 좋지. 어디 한번 들어보세.

　　정붕 : [시를 읊는다.]

　　이 몸이 죽고 죽어 일백 번 고쳐 죽어

　　정붕이 시조 읊기를 시작하는 순간 놀란 표정의 남효온이 자리에서 벌떡 일어선다. 정붕의 낭송이 계속된다.

　　백골이 진토 되어 넋이라도 있고 없고
　　임 향한 일편단심이야 가실 줄이 있으랴.

　　정붕이 정몽주의 〈단심가〉를 읊는 음성을 들은 끝에 남효온이 감격하여 눈물을 흘린다.

'청렴 문관' 정붕鄭鵬과 '청렴 무관' 이순신 李舜臣

정겨운 시선과 표정으로 한참 정붕을 바라보던 남효온이 술병을 들고 정붕에게 다가선다.

남효온 : [호탕한 웃음] 하하핫! 자네를 보니 조선의 선비가 아직 썩지 않았음을 알겠네. [술을 따라주려고 술병을 기울인다] 자, 한잔 받게나. [술병에서 방울만 '똑… 똑…' 떨어진다] 이런, 동이 났군.

정붕 : [술병을 받아들며] 제가 도가에 다녀오겠습니다.

남효온 : [팔을 흔들며] 아니야. 자네는 나랑 나가세. 오늘 나랑 한 잔 대작하세.

어리둥절한 표정의 정붕을 남효온이 어깨를 감싸고 마당으로 이끌고 나가 대문 쪽으로 걸어간다. 남효온이 휘청거리고, 정붕이 그를 부축한 상태로 대문을 나간다. 두 사람의 뒷모습이 점점 작아진다. 그 광경을 걱정스레 계속 지켜보고 섰던 김굉필이 "붕이 추강을 만났으니 절의는 배울 수 있겠지만 자칫 도학의 깊이를 잃을까 두렵구나……." 하고 중얼거린다.

넓은 누각. 악공이 대금 불고 여인이 창을 하는 중이다. 이를 남효온과 정붕이 즐겨 감상하고 있다. 두 사람 앞에는 술상이 차려져 있다. 나룻배를 타고 산수를 유람하는 두 사람. 그 모습이 여유작작해 보인다. 남효온은 술병을 들고 호기롭게 흔들어댄다. 둘 다 모두 아주 쾌활한 모습이다.

이윽고 두 사람이 배에서 내려 계곡 소나무 아래 반석으로 올라가더니 마주 앉아 대작한다.

남효온 : [술을 들이키며] 이보게, 운정! 스승인 한훤당은 그렇다 치더라도 자건(정석견) 선생이 이러고 있는 자네를 두고만 볼 리가 없는데 걱정이 되지 않는가? 자네가 너무나 태연자약하니 내 가슴이 다 울렁울렁하네.
정붕 : ["허허" 웃으며] 선생께서도 불안을 느끼시는 일이 있습니까? 천만 뜻밖입니다.
남효온 : [또 술병을 들이키며] 호언장담을 하는군. 사람이 큰소리를 치는 것은 오히려 마음이 유약해져 있다는 증좌일세. 아무래도 앞일이 우려가 되어…….
정붕 : [말없이 미소만 머금고 있다] …….
남효온 : [아까보다 심각해진 표정과 어조] 자네가 천하 쓸모없는 야인 남효온이와 더불어 삼천리를 유람하고 있다는 사실을 자건 선생이 모를 리 없을 텐데……. 하늘도 알고, [하늘을 쳐다보는 정붕] 땅도 알고, 자건 선생도 아는데…….

남효온의 말이 끝나기 전에 정석견의 고함이 울려온다.

정석견 : [모습을 보이지 않고 호통만 들린다] 이놈, 정붕!

남효온과 나란히 앉아 있던 정붕이 벌떡 일어선다.

'청렴 문관' 정붕鄭鵬과 '청렴 무관' 이순신李舜臣

정석견 : [목소리만 들린다] 꿇어앉지 못할까!

남효온과 정붕이 놀이를 즐기고 있던 반석과 소나무가 어우러진 풍경이 차차 소나무 상단과 하늘로 가득찬 화면으로 바뀐다. 화면이 소나무의 상단에서 차차 기둥으로 내려온다. 반석과 남효온 대신 기와집 지붕과 정석견의 얼굴이 보인다. 다소 허름하게 느껴지는 와가이다. 자막 [정석견 의집]. 정석견이 대청마루에 서서 잔뜩 화가 난 얼굴을 하고 있고, 뜰 아래에 정붕이 꿇어앉아 있다.

정석견 : 네가 남 추강과 어울려 학문을 멀리한다는 소문이 자자하다. 본디 벼슬에 뜻이 없었기로서니 이게 무슨 해괴한 작태냐? 대낮에 술을 퍼마시면서 산천을 유람하고 기생들과 희희낙락하다니 선비를 자칭하는 자가 감히 할 짓이냐? 게다가 지금 네 나이가 그런 짓을 하기에 합당하다고 생각하느냐?

정붕 : [고개를 숙인 채, 작은 목소리] 제가 좋아서 따른 것이니 추강 선생을 나무라지는 마십시오.

정석견 : 허어, 그래도 추강을 편들어? 그래, 너도 어린 아이가 아니니 자신의 행동을 책임질 줄은 알아야겠지.

정붕 : [여전히 고개를 숙인 채] 면목이 없습니다.

정석견 : [단호한 목소리로] 나도 추강의 절의는 높이 평가한다!

정붕 : [여전히 고개를 숙인 채, 묵묵부답] …….

정석견 : [여전히 단호한 음성] 하지만 너는 추강처럼 절의를 지켜야 할 임금을 섬긴 적도 없다. 네가 하는 행위는 그저 한량의 일탈에 지나지 않아! 추강과 너는 정체성 자체가 다르단 말이다!

무릎을 꿇고 고개를 숙인 채 듣기만 하는 정붕. 그의 머리 위로 정석견의 꾸지람 소리가 내려앉는다.

정석견의 음성 : 네가 한훤당으로부터 배운 도학은 세상의 도리를 밝히는 학문이다. 어떻게 살아야 옳은가 하는 것을 궁구하는 학문이란 말이다. 그런데 근래 너의 행동은 그 동안 익힌 도학과 전혀 부합되지 않았다. 스스로 엄중히 따져 보아라. 그래도 뉘우치는 바가 없고, 학문에 정진할 각오도 생기지 않는다면…… 당장 고향으로 돌아가거라!

여전히 정붕은 묵묵부답으로 꿇어앉아 있다. 정석견이 정붕을 바라보면서 아까보다는 현저히 부드러운 음성으로 말한다.

정석견 : [조금 누그러진 목소리, 달래듯이] 붕아, 네가 나의 조카라서 하는 말이 아니라 이 숙부가 보기에 너는 출중한 학자의 자질과 문신의 재목을 타고났다.

'청렴 문관' 정붕鄭鵬과 '청렴 무관' 이순신李舜臣

정붕 : [줄곧 고개를 숙인 채 묵묵부답] …….
　　정석견 : [따뜻한 음성으로] 진리를 탐구하는 재야의 선비로만 살아도 좋고, 훌륭한 관리가 되어 백성들에게 이로움을 주는 정치를 해도 좋은 일이다. 둘 다 학문을 배우는 사람이 걸어야 할 훌륭한 길이다.

　　침묵이 흐른다. 바람에 가지가 흔들리는 소나무.
　　정붕은 꿇어앉은 채 그대로 있고, 정석견은 대청마루를 거쳐 방 안으로 들어간다. 방에 불이 켜지고, 정석견이 책상 앞에 앉아 서책을 보는 광경이 문에 비치어 보인다.
　　그림자로 보이는 숙부의 책 읽는 광경을 계속 바라보는 정붕. 한참 후, 정붕이 천천히 일어서며 혼잣말을 한다.

　　정붕 : [자리에서 일어서며] 알겠습니다, 숙부님. 앞으로는 일탈을 하지 않고 성심껏 정진해서 과거를 보겠습니다.

　　새벽, 달이 떠 있는 남빛 하늘. 쏴아아 흩뿌려지는 물소리. 달빛 아래 물을 뒤집어쓰고 있는 사내의 모습이 흐릿하게 보인다. 가까이서 보면 정붕이다. 상반신만 벗은 상태.
　　우물가 풍경이 차츰 작게 멀어지다가 날이 밝고, 풍경의 중심에 집이 들어선다. 집이 점점 가까워지면 서탁 앞에 앉아 글을 쓰고 있는 정붕의 모습이 보인다. 서탁 둘레로 서책들이 쌓여 있고, 바닥에는 헤진 붓들이 널려 있다.

앉은 채로 밤과 낮을 가리지 않고 계속 책을 읽고 글을 쓰는 정붕.

현판 '成均館' 아래에 정붕과 이목이 나란히 서 있다. 자막 [초시에 합격한 이목].

정붕 : [이목의 어깨를 껴안으며] 한재(이목)도 초시에 합격해서 함께 공부를 하게 되니 정말 좋군.

이목 : [웃음기 가득한 얼굴로, 정붕의 팔을 슬그머니 밀어내며] 누가 보면 사귀는 줄 알겠소.

정붕 : 예끼! 장난끼는 여전해! 나이도 열여덟인데 좀 점잖아질 때도 되지 않았나?

이목 : 형은 스물셋이나 되었으니 대과에 합격할 때가 되었소. 추강 선생이랑 어울려서 한없이 많이 놀았으니 이젠 과거 공부에 매진을 하시오.

정붕 : [웃으며] 우리 조선의 대과 합격자 나이가 평균 서른여섯이야. 나는 아직 멀었다.

이목 : 과거 공부하다 늙어 죽으려오?

정붕 : 허허허!

이목 : 우리가 과거도 통과하고, 학문에도 경지를 이루어 사직을 강건히 하고 백성들에게도 도움이 되어 보십시다.

정붕 : [말없이 고개를 끄덕인다.] ······.

이목 : 서약한 겁니다! 죽어도 같이 죽고 살아도 같이 사는 겁니다, 알겠지요? 맹세했습니다아!

'청렴 문관' 정붕鄭鵬과 '청렴 무관' 이순신 李舜臣

정붕 : [역시 말없이 고개를 끄덕인다.] …….

    선비들이 앞뒤 좌우로 줄지어 앉아 있다. 정붕도 보인다. 자막 [문과 시험장]. 창덕궁의 정전正殿인 인정전 뜰에서 열린 과거 시험장이다. '仁政殿' 현판 아래를 관리들이 분주하게 오가고 있다.

    옆에 앉은 선비 : [빙그레 웃으면서] 그대는 추강 선생과 어울려 천하를 주유한 일로 유명한 운정 선생 아니시오?
    정붕 : [약간 뜨악한 표정으로] 나를 아시오?
    선비 : [여전히 미소를 머금고서] 아다마다요. 사림士林의 존경을 받는 추강 선생으로부터 무척 귀한 여김을 받은 분으로 풍문이 자자한데, 어찌 유생으로서 알아보지 못하겠소? 즐기던 술도 아주 끊고 학문에만 전념했다는 사실까지도 안다오. 아무튼 이번에 장원 급제하실 것이라 평판이 자자하던데 옆자리에서 과거를 보게 되어 광영이오이다. 향후에도 알고 지내는 사이가 되고 싶소이다.
    정붕 : [어이없는 표정] …….

    "지잉~" 큰 소리로 징이 울린다. 두루마리가 풀리면서 과제가 내려진다. 유생들이 제각각 글을 쓰기 시작한다. 25세 청년 선비 정붕도 붓을 들고 '슥슥' 일필휘지로 글을 써 간다. 성희안이 과거장 밖에서 정붕을 바라보고 있다.

응시자들이 답지를 제출하고, 정붕도 제출한다. 채점관들이 답지를 돌려가며 본다. 합격자 명단이 작성되고, 게시된다. 선비들이 운집한다. 환하게 웃는 정붕이 보인다.

관복을 입고 근무 중인 정붕. 뭔가 문서를 본 후 종이에 글을 쓰고 있다. 자막 [승문원]. 성희안이 들어온다.

성희안 : [만면에 웃음을 머금은 얼굴] 장원 급제를 할 줄 알았는데 [성희안의 음성을 듣고 방 안의 관리들이 모두 일어선다. 정붕도 일어선다.] 아쉽구먼.

정붕 : [허리를 굽혀 인사를 하며] 별말씀이십니다.

성희안 : [주위를 둘러보며] 나도 7년 전에 을과 급제를 했었지. 이번 본과에서 을과 급제라면 서른세 명 합격자 중 열 손가락 안에 들었다는 말 아닌가? [그 중 한 사람을 가리키며] 오, 그대가 장원으로 급제를 하신 선비시로군! 성균관에서도 출중한 실력으로 이름이 높았다고 들었소. 이렇게 만나게 되어서 반갑소이다.

방태화 : [허리를 굽혀 절한다.] 아닙니다. 공연한 허명이 퍼져서 얼굴을 들고 다닐 수가 없습니다.

성희안 : 허허, 지나치게 겸양하실 것은 없소이다.

정붕 : 지금 이 방에 있는 선비들은 모두 최우등 급제자들입니다. 외교 문서를 담당하는 승문원에서 훈련을 받는 권자(현대의 '시보')로 배치된 것을 보면 가늠할 수 있지 않습니까?

'청렴 문관' 정붕鄭鵬과 '청렴 무관' 이순신 李舜臣

성희안 : [밝은 얼굴로 고개를 끄덕인다.] …….
정붕 : 저는 서른세 명 안에 든 것만도 분에 넘치는 일로 여기고 오직 성은에 감읍할 따름입니다. 스승님, 그리고 채찍질과 격려를 아끼지 않으신 숙부님께 감사할 뿐입니다.
성희안 : [고개를 끄덕이며] 맞는 말일세. 이 방에 권자로 계시는 분들은 모두가 대단한 인재들임에 틀림이 없지! 앞으로 이 나라를 이끌고 갈 젊은 동량들이시지!

본 근무지가 정해질 때까지 대기자로서 실습 훈련을 받고 있는 권자들이 일제히 고개를 숙이며 "과찬이십니다!", "성심껏 탁마의 노력을 다 하겠습니다!" 하고 답례한다.

성희안 : [진지한 낯빛으로] 그런데, 운정!
정붕 : [약간 긴장한 표정으로 성희안을 쳐다보며] 네에?
성희안 : [정붕의 팔을 잡고 밖으로 끌어낸 후] 실은 슬픈 일을 알리러 왔다네.
정붕 : [더욱 긴장한 표정] 무슨……?
성희안 : [약간 머뭇거리다가] 말을 하지 않을 수도 없고 …… [잠시 후] 추강 선생이 세상을 떠났다네.
정붕 : [울먹이며] 어찌……. 한참 동안 찾아뵙지도 못했는데……. 이런 일이……!

자막 [회상]. 술병을 들고 강변을 거니는 남효온.

잣과 꿀, 그리고 오동나무

정자 위로 올라가는 남효온.
정붕과 담소를 나누는 남효온.
강에 배를 띄우고 노니는 두 사람.
남효온과 대청마루에 마주앉아 담론을 주고받는 김굉필.

자막 [한강, 남효온 노제]. 김굉필 뒤로 한강이 보이고, 죽은 이를 떠나보내는 노제를 지내는 광경이 펼쳐진다.

김굉필 : [허탈한 표정으로] 나의 둘도 없는 벗이 이토록 허무하게 가버렸구나 ……. [정붕을 보며] 추강이 너를 아주 아꼈고, 너 또한 절친한 마음이었으니 너도 오죽 애통하겠느냐!

정붕 : [눈물을 흘리며] 절친한 벗을 잃은 스승님의 아픔에 어찌 견주겠습니까만, 뜻이 이루어지는 날을 못 보고 세상을 버리신 점이 참으로 안타까울 뿐입니다.

김굉필 : [고개를 끄덕이며] 내 심경 또한 그렇다. 성군으로 칭송받는 임금이 계시니 추강의 바람도 언젠가는 이루어지지 않겠느냐! 추강이 하늘에서 지켜보고 있을 것이다.

맑고 높은 하늘. 차차 먹구름이 끼면서 어두워진다. 찬바람이 부는 가운데 통곡소리가 땅에서 하늘로 올라온다. '勤政殿' 현판이 보이고, 건물 앞마당에 엎드려 곡하는 대소 신료들. 자막 [1494년 성종 승하]. 캄캄해진다.

'청렴 문관' 정붕鄭鵬과 '청렴 무관' 이순신 李舜臣

날이 밝아지면서 대궐 후원의 활쏘기 연습장. "피잉!" 소리를 내며 날아온 화살이 과녁에 명중하는 장면.

내시 1 : [깃발 흔들며] 백중입니다요, 전하!

우쭐하는 연산군. 자막 [연산군]. 연산군이 기세등등한 표정으로 주위를 둘러본다. 연산군을 둘러싸고 있던 대신들과 내시들이 짝짝짝 박수를 치며 "무과에 장원한 장수들을 한자리에 모아놓고 겨루어도 전하의 솜씨를 당할 자가 없을 것입니다.", "백발백중이라는 말이 실감이 납니다, 전하!" 등 아부성 발언을 늘어놓는다. 다시 시위에 화살을 메기는 연산군. 이때 내시 한 사람이 내시감 상선에게 다가선다.

내시 2 : [작은 목소리로] 홍문관 관리가 찾아와서 전하 알현을 청합니다. [내시감 상선이 미처 대답을 하기 전에 내시의 보고를 연산군이 엿듣고는]
연산군 : [활시위를 내리면서 짜증스럽게] 또 경연에 참가하라고 온 게냐? 가지 않겠다는데 왜 이렇게 독촉이냐?
상선 : [재빨리] 전하, 소신이 처리하겠습니다.
연산군 : [그래도 불쾌한 표정으로 상선을 노려본다] …….
상선 : [간드러진 음성] 전하, 백발백중하소서.
연산군 : [고개를 끄덕이며] 오냐, 상선만 믿노라. [다시 활을 쏠 태세를 취한다.]

중문을 나서는 상선. 수하 몇이 뒤를 따른다.

정붕 : [상선에게 인사] 홍문관 수찬 정붕이라 합니다. 오늘 경연의 경연관이 되었기에 전하를 모시러 왔습니다.
상선 : [귀찮은 말투로] 전하께서는 지금 존체를 단련하기 위해 활을 쏘시는 중이네. 방해하지 말고 돌아가게나.
정붕 : [담담한 말투로] 하오면, 활쏘기를 마치실 때까지 기다리겠습니다.
상선 : [짜증스레] 본래 말귀를 잘 알아듣지 못하는가?
정붕 : [조금 전과 똑같은 담담한 표정] 임금의 경연 참석은 선대 이래의 관례입니다.
상선 : [짜증난 말투로] 전하께서는 고루한 유생들과 담론을 즐기시지 않네. 좋게 말할 때 돌아가시게. 그리고 전하께서는 유학 경전을 더 이상 배우지 않아도 될 만큼 통달하신 지 오래네.
정붕 : [역시 담담한 표정으로] 그것이 전하의 뜻입니까, 아니면 상선 영감의 개인 소견입니까?
상선 : [격분한 목소리로] 수찬 주제에 말이 지나치구나!
정붕 : [역시 담담한 표정과 말투를 유지하고서] 이 몸은 전하의 신하이지 상선 영감의 신하가 아닙니다.
상선 : [어이가 없어서] 뭐가, 어째?
정붕 : 방금 하신 말씀이 전하의 뜻이 확실한지 시생의 귀로 확인을 해야겠습니다.

'청렴 문관' 정붕鄭鵬과 '청렴 무관' 이순신李舜臣

상선 : [곁에 서 있는 친위 무관들을 향해] 뭣들 하느냐? 하극상을 범하는 죄인을 당장 포박하라!

정붕을 좌우에서 에워싸며 압박하는 무관들. 그때 중문으로 성희안이 들어온다.

성희안 : [급히 다가서며] 고정하십시오, 상선 영감.
상선 : [탄식하는 음성] 허어, 이런 황망한 자를 보았나!
성희안 : [나긋한 어조로] 정 수찬이 고지식하다 보니 맡은 바 소임을 다하려 했나 봅니다. 널리 헤아려 주십시오.
상선 : [무뚝뚝한 어조로] 성 주부는 나서지 마시게. 전하의 뜻을 거역하는 자는 엄벌로 다스려야 해!
성희안 : [은근히 상선의 귀 가까이에 대고 나직한 어조로] 정 수찬은 정(석견) 이조 참판의 친조카이고 무령군(유자광)의 처조카사위이기도 합니다.
상선 : [못마땅한 음성과 표정으로] 뭐라고?
성희안 : [다시 은근한 목소리로] 그 점을 보아 이번 한 번만 너그럽게 용서해 주십시오.
상선 : [떨떠름한 표정으로 나지막하게 혼잣말] 무령군의 인척에 정 참판의 조카라면 주리를 틀 수도 없겠군······.
무관들 : [눈치를 보며] 어찌하오리까?
상선 : [입을 삐쭉하며] 나는 전하의 뜻을 분명하게 전했으니 수찬은 이만 가보게.

성희안이 상선에게 목례를 한 뒤 정붕을 이끌고 중문 밖으로 나선다.

성희안 : [달래는 어조로] 이보게, 운정. 상황을 봐 가면서 간언을 하게. 지금 훈구파들은 경연을 폐지할 기세인데 자네가 빌미를 제공하려는 겐가?

정붕 : [단호한 말투로] 그건 차후 문제입니다.

성희안 : [웃으며] 이런 쇠고집이 어디 또 있을까!

정붕 : [궁금한 표정] 한데, 상선에게 무슨 말씀을 하였기에 그 자가 순순히 물러간 것입니까?

성희안 : [어색한 표정] 그게……. 자네 숙부와 무령군을 좀 팔았네.

정붕 : [굳은 표정] 숙부님이야 그렇다 하더라도……. 유자광 대감은 공연히 거론하셨습니다.

성희안 : [얼버무리는 말투] 자네가 무령군을 좋아하지 않는 줄이야 알지만 처가 쪽 인척임은 엄연한 사실 아닌가?

정붕 : [조금 단호한 음성으로] 무령군이 저의 처고모부인 것은 사실이고, 세조 임금 때 이시애의 난을 평정하는 데 큰 공을 세운 것 또한 우러름을 받을 일임에 틀림이 없지만, 무령군에 봉해진 것이 무엇 때문인지 돌이켜보면 결코 용납을 할 수가 없습니다. 예종 임금 시절에 남이 장군을 모함해 죽인 일로 그 칭호를 얻었습니다. 지금까지 살아오면서 그 사람과 인척 사이인 것을 늘 부끄러워했습니다.

'청렴 문관' 정붕鄭鵬과 '청렴 무관' 이순신李舜臣

성희안 : [낮게] 음, 흠!
정붕 : [아직도 반쯤은 굳은 표정] 아무튼 형님께서는 저를 욕되게 만드셨습니다. [앞서 걸어가는 정붕]
성희안 : [정붕의 뒷모습을 바라보며] 허어, 꿋꿋한 기개도 좋지만 지금은 함부로 나설 때가 아닌데…….

자막 [이조]. 정붕이 전각들 사이를 이리저리 지나 처소에서 정무를 보고 있는 정석견의 앞에 선다. 나이 든 모습의 정석견에게 인사를 올리는 정붕.

정석견 : [서류를 검토하다 말고] 갑자기 어쩐 일이냐?
정붕 : [잠깐 망설이는 표정으로 지체하다가 용기를 내어] 사직을 청하고자 합니다, 숙부님.
정석견 : [정붕을 물끄러미 바라보다가] 정작 사직할 사람은 네가 아니라 이 숙부다.
정붕 : [묵묵부답] …….
정석견 : [한탄하는 음성으로 중얼거리듯이] 어허, 이를 어쩐단 말인가! 올곧은 선비들이 죄다 조정에서 빠져나가면 이 나라 종사가 어찌 될꼬? [정붕을 향해] 태평성대라면 내가 너를 붙잡을 까닭도 없을 것이다. 하지만 지금은 내가 굳이 말하지 않아도 네가 잘 헤아리고 있지 않느냐? 조정이 매우 어지럽다.
정붕 : [난감한 표정] …….

잣과 꿀, 그리고 오동나무

머리카락이 희끗희끗한 정석견을 바라보는 정붕의 표정에 안타까움이 스치고 지나간다. 정석견이 다시 문서들을 살핀다.

어둠이 밀려오면서 집무실에 불이 켜지고, 여전히 일을 하고 있는 정석견의 모습이 창에 비친다. 한참 동안 그 정경을 창밖에서 정붕이 바라보고 있는 중에 이윽고 천지가 캄캄해진다.

'청렴 문관' 정붕鄭鵬과 '청렴 무관' 이순신李舜臣

제 5장
귀신도 놀랄 선견지명

　　낮. 허름한 기와집 사랑채. **자막 [정붕의 집]**. 마당에 눈이 내려 있다. 방 안에서는 정붕이 새해를 앞두고 안부차 보내온 서찰들을 펼쳐보는 중이다. 정붕이 행서체의 서찰을 든다.

　　성희안의 음성 : 자네가 이 서찰을 볼 때면 나는 국경을 넘어 대국으로 들어섰을 것이네. 이요당(신용개)도 함께 가고 있다네. 자네도 사절단에 포함됐으면 좋았을 텐데…….

　　정붕 : [중얼거린다.] 명나라…. 넓은 세상이지만 조선 땅도 제대로 둘러보지 못한 내게는 지나친 사치겠지? [생각에 잠긴다. 이때 성희안의 얼굴이 뜨면서 "무령군을 좀 팔았네."라는 목소리가 들린다. 정붕, 쓴웃음을 지으며] 내가 원한 바는 아니지만 아무튼 그때는 본의 아니게 무령군 신세를 졌지. [다시 생각에 잠겼다가] 그래도 처가 쪽 어른이니 신년 서한이라도 보내는 것이 도리겠지……?

슥슥……. 서찰을 쓰는 정붕. 쓰기를 마친 후 봉투에 집어넣어 마루로 나온다. 눈 내린 마당을 쓸고 있는 하인.

정붕 : [서찰 봉투를 하인에게 주며] 이것을 무령군께 전하여라.

하인 : [반색을 하며] 무령군 대감 댁에 말입니까요?

정붕 : [의아한 표정으로] 왜 그리 좋아하느냐?

하인 : [빗자루를 다리 사이에 집어넣고 두 손을 싹싹 비비며] 헤헤, 무령군 대감께서는 찾아오는 사람들을 위아래 가리지 않고 후하게 대접해서 보내신다고 들었습니다. 나리의 서찰을 전하면 소인에게도 한 상 차려주지 않겠습니까요?

정붕 : [뭔가 생각하는 모습] 흐음, 그렇구나. [출발하려는 하인. 정붕이 하인의 등에 대고] 잠시 기다려라.

하인 : 네에?

정붕 : 삼나무 밧줄을 조금만 가지고 오너라.

하인 : 어디에 쓰려고 그러십니까?

정붕 : 아무튼 어서 가지고 오너라. ["예." 하고 대답 후 종종걸음으로 대문채 광으로 가서 끈을 들고 온 하인에게] 두 팔을 내밀어라.

하인 : [주저하면서] 왜 그러십니까요? [하고 망설이다가 결국 두 손을 내민다.]

정붕 : [대답 없이 하인의 손목을 꽁꽁 묶는다.] …….

하인 : [울상] 아이구, 나리. 팔이 저려 죽겠습니다요.

'청렴 문관' 정붕鄭鵬과 '청렴 무관' 이순신李舜臣

정붕 : [하인의 하소연을 못 들은 척 말이 없다.] …….

하인 : [울먹이는 소리] 대체 무엇 때문에 소인의 손목을 이토록 세게 묶으십니까요? 묶더라도 좀 살살 묶으면 안 될는지요? 왜 이리 아프도록 묶으시는지 까닭이라도 말씀해 주십시오.

정붕 : [그제야 하인을 바라보면서] 미안하다만 잠시 참아야겠다. 꽁꽁 묶은 까닭은 네가 다녀온 후 말해주마. 절대 누군가에게 풀어달라고 하면 안 돼! 풀었다가 묶으면 표시가 난다. 알겠느냐?

하인 : 아이구, 나으리, 예!

팔뚝을 감싸 쥔 채 달려가는 하인. 금세 커다란 한옥 저택 앞에 당도한다. 자막 [유자광의 집]. 대문이 열리면 정붕 하인이 안으로 들어간다. 유자광 하인이 정붕 하인에게서 서찰을 받아 집사에게 건넨다. 집사가 대청으로 가서 방 쪽을 향해 허리를 굽히며 뭐라고 말한다. 말소리는 들리지 않지만 정붕의 서찰이 왔다는 사실을 고하는 것이 분명하다.

유자광의 음성 : 뭐? 운정이 연하 서찰을 보내왔다고?

대청에 붙어 서 있던 유자광의 집사가 대문 쪽으로 걸어온다. 그때 방문이 열리며 유자광이 방에서 대청으로 나오면서 '엇험!' 하고 기침을 한다.

두 하인이 허리를 굽히면, 그들에게 가려져 있던 대단한 채색화의 병풍, 상감청자처럼 보이는 도자, 고급 나무로 제작된 서탁 등 화려한 대청이 한눈에 들어온다. 유자광이 병풍을 배경으로 놓여 있는 서탁 앞에 앉는다. 50대 후반으로 보이는 유자광, 봉투에서 서찰을 꺼낸다.

　　유자광 : [흐뭇한 미소] 운정이 내게 안부 서찰을 보내다니, 어느 누구의 서찰보다 내 기분을 흐뭇하게 만드는구나.

　　정붕의 서찰 읽기를 마친 유자광이 하인들 쪽으로 눈길을 돌린다. 집사가 대청 쪽으로 다가간다.

　　유자광 : 내가 답신을 쓸 동안 [정붕 하인을 가리키며] 저 녀석한테 푸짐하게 한 상 차려 주어라.
　　집사 : 예, 대감마님. [하인에게] 가자. 행랑채에서 한 잔 마시면서 대감마님의 답신을 기다려라.
　　하인 : [팔뚝을 감싸 쥔 채 울상] 지금은 술 한 잔도 못 마실 상황입니다요. 속히 답신만 주십시오.
　　유자광 : 감히 내가 음식을 주겠다는 걸 마다해?
　　하인 : 그게 아니오고…. 소인이 팔이 너무 아파서….
　　유자광 : [그제야 하인의 묶인 손목을 보며] 내 배가 부르면 종이 굶어죽는 줄 모른다더니 지금 내가 바로 그렇구나. 너의 손목은 왜 그렇게 묶여 있느냐?

'청렴 문관' 정붕鄭鵬과 '청렴 무관' 이순신李舜臣

하인 : [잔뜩 울상인 얼굴로] 모르겠습니다. 주인 나리가 심부름을 마치고 집으로 돌아오면 풀어 준다면서….
유자광 : [고개를 갸우뚱하며] 그래애? 그것 참 이상한 일이로고…. 하여튼 내가 얼른 답신을 써주마.
하인 : [허리 굽혀 절을 올리며] 고맙습니다요, 대감 나리.

　유자광이 일필휘지를 날려 답신을 쓰고, 그것을 받아 쥔 하인은 묶인 손목을 앞으로 내민 채 재빠른 걸음으로 저자거리를 달려 정붕 집 마당으로 들어선다.

하인 : [숨을 헐떡이며] 나리, 돌아왔습니다요.
정붕 : [사랑방에서 나오며] 그래, 수고 많았다.
하인 : [서찰 봉투를 내놓으면서] 답신을 주셨습니다.
정붕 : [받으며] 다른 별일은 없었느냐?
하인 : 무령군 대감께서 한 상 차려 주신다고 했지만 소인이 팔이 너무 아파 사양했습니다요. 이제 끈을 풀어주십시오.
성붕 : [웃으며] 오냐, 당연히 풀어줘야지. [대청 아래로 내려와 하인의 팔에 감긴 끈을 풀어준다]
하인 : [팔을 흔들며] 아휴, 이제야 살 것 같습니다요.
정붕 : 며칠 내로 술상을 한 번 차려주마. 무령군댁 술상보다야 허술하겠지만 마음 편히 마실 수 있을 게다.
하인 : 나리, 소인의 팔은 왜 묶으셨는지요?

잣과 꿀, 그리고 오동나무

정붕 : 궁금하단 말이냐?

하인 : 예, 정말 궁금합니다요.

정붕 : 무령군 대감댁은 드나드는 사람이 많다. 네가 그 집에서 사람들과 어울리면 [하인이 행랑채에서 여러 사내들과 어울려 떠들며 마시는 상상의 장면] 그 집과 우리 사이의 인척 관계가 더 널리 알려질 것이다. 그뿐이겠느냐? 네가 우리 집의 어려운 문제까지 떠벌일 것이 틀림이 없다. [요란하게 떠들어대는 하인의 다변多辯 상상 장면] 그렇게 되면 무령군이 쌀과 돈을 보내올 것이고, 세상 사람들의 입방아는 더욱 요란하게 찢어댈 것이다. 그렇게 되는 것이 내가 절대 원하지 않는 결과이니, 내가 너를 빨리 돌아오게 만드는 수밖에 없지 않겠느냐? 아무튼 공연히 네 손목을 아프도록 했으니 그 점은 미안하구나.

하인 : [밧줄 자국이 벌겋게 남아 있는 손목을 번갈아 문지르며] 아이고, 그렇게 깊은 뜻이 있는지 몰랐습니다요. 앞으로 더욱 입조심을 하겠습니다요.

정붕 : [미소를 머금고] 내 뜻을 알아주니 고맙구나. 가서 쉬어라.

하인 : [절하며] 예에, 소인 물러갑니다.

정붕은 하인이 행랑채를 향해 몸을 돌린 후 대청을 거쳐 방 안으로 들어간다. 하인이 미처 행랑채에 닿기 전에 대문 밖에서 기침소리가 난다. 유자광 집의 집사가 왔다.

'청렴 문관' 정붕鄭鵬과 '청렴 무관' 이순신 李舜臣

하인 : [짐짓 놀란 듯 뒷걸음질을 하며] 여, 여긴 어떻게? 혹시 미행을?

집사 : [웃는 얼굴로] 예끼! 우리가 이 집을 알지 못할 리가 있나? 그건 그렇고 [대문 밖을 가리키며] 저것들을 어디 내려놓게.

하인 : [의아한 표정으로] 무엇을 말씀하시는지요?

하인이 보니 대문 밖에 쌀가마니와 장항아리를 실은 노새가 서 있다. 하인이 노새를 보다가 집사를 보다가 번갈아 눈길을 주느라 바쁘다.

집사 : 어허, 뭘 그리 보나? 며칠 전 이 댁 마님께서 무령군 부인마님께 양식을 좀 꾸어 달라고 서신을 보내셨다네. 그래서 이렇게 노새로 실어서 온 것이야.

하인 : [기쁜 표정으로] 그렇잖아도 요즘 날마다 비지를 구해서 죽을 끓여먹던 중이었습니다. 교리(정붕) 나리와 부인께서 연일 조악한 식사를 하시니 차마 눈뜨고 볼 수 없는 지경이었습니다. 은혜가 백골난망이올시다.

집사 : ["껄껄" 웃으며] 이게 어디 내가 주는 겐가? 무령군과 부인마님께서 정을 내신 덕분이지. [주변을 둘러보며] 그건 그렇고, 이것들은 어디에다 내려놓게.

하인 : [미처 생각하지 못했다는 듯이] 아! 내 정신 좀 보게! 나리가 보시면 안 되는데….

집사 : [눈을 크게 뜨며] 그건 또 무슨 소린가?

하인 : [두 손바닥을 마주 잡은 채] 무령군 댁에서 양식을 꾼 사실을 나리께서 아시면 돌려 보내실 게 틀림없습니다.

집사 : [혀를 차며] 쯧쯧, 암만 무령군을 탐탁하지 않게 여긴다 해도 그렇게까지 옹고집을 부릴 건 뭔가…?

하인이 노새를 이끌고 사랑채 옆을 지나 안채 대문으로 들어간다. 집사도 그 뒤를 따른다.

퇴청한 정붕이 사랑채 대문으로 들어와 대청에 올라온다. 정붕이 잠시 서탁 앞에 앉아 독서를 하는 중에 안채 쪽 샛문이 열리고 부인이 상을 들고 들어온다. 정붕이 일어나며 상을 받으려 하자 부인이 건네주지 않으려고 "괜찮습니다." 하며 짐짓 피한다.

정붕 : ["허허" 웃으면서] 벌써 저녁 식사 시각이 되었습니까?

부인 : [미소를 머금고] 서책만 보시면 허기가 저절로 사라지시나 봅니다. 조반도 비지 끓인 것을 드셨는데, 중식은 어떻게 하셨는지 모르지만…… 해질녘도 얼마 남지 않았으니 때가 된 듯합니다.

정붕 : [미소를 머금은 채] 이리 주시구려.

부인이 상을 마루에 놓으며 상보를 연다. 놀라는 정붕.

'청렴 문관' 정붕鄭鵬과 '청렴 무관' 이순신李舜臣

정붕 : 이게 무엇입니까? 아침에만 해도 비지로 끓인 죽이었는데, 백미가 어디서 나서 이렇게 쌀밥을 지었습니까?

부인 : [약간 눈치를 보는 듯한 표정으로] 무령군 댁에서 쌀을 조금 빌렸습니다.

정붕 : [화를 참는 표정으로] 어허, 어인 말씀입니까? 내가 한훤당 스승님서부터 무령군에 이르기까지 어느 누구와도 사적으로는 인연에 기대어 줄을 서지 않고 살아 왔는데, 부인께서 이처럼 친인척의 덕을 보려 한단 말입니까?

부인 : [약간 항변하는 듯한 어조로] 아주 얻은 것도 아니고 잠시 빌렸을 뿐으로, 녹봉이 나오면 되갚을 텐데 그것까지도 용납을 못하십니까?

정붕 : [낮은 음성으로, 달래듯이] 물론 부인의 잘못이 아니라는 점은 나도 알고 있소.

부인 : [정붕의 말이 마음에 들지 않는 표정] …….

정붕 : [진지하게] 일이 이렇게까지 되도록 수수방관을 한 내 잘못이지요. 다만 근묵자흑近墨者黑이라 하지 않았습니까? 부인 말씀대로 녹봉이 나올 때까지 몇 날만 더 참으십시다. [대청 아래 하인을 돌아보며] 이 전적(이목) 댁에 가서 백미 한 되만 빌려 주십사 전하여라.

하인 : 예, 알겠습니다.

정붕 : 쌀가마니를 본래대로 채운 다음 즉시 무령군 댁으로 지고 가서 갚아라. 알겠느냐?

하인 : 네에!

하인, 몸을 돌려 대문 밖으로 나선다. 자막 [이목의 집]. 얼마 가지 않아 이목의 집 앞에 당도한다. 그가 대문 안으로 들어서니 이목이 사랑채 대청에서 책을 읽고 있다.

하인이 다가서면 이목이 시선을 돌려 바라본다. 하인이 절을 하고, 이목이 고개를 끄덕인다. 멀어서 대화의 내용은 들리지 않는다.

이목이 손짓으로 누군가를 부르면 그 집 하인이 달려온다. 이목이 그에게 뭐라고 말하고, 그 하인이 어디론가 갔다가 조그마한 보따리를 들고 돌아와 그것을 정붕 하인에게 준다. 정붕 하인이 이목에게 절을 한다. 이윽고 하인 두 사람이 열린 대문 사이로 온다.

이목 하인 : 두 분 나리들께서 둘도 없는 벗이다 보니 우리들도 절친한 사이가 되었군 그래.

정붕 하인 : 아주 맞먹으려 들어? 우리 교리 나리께서 전적 나리보다 네 살 연상이시니 너도 나를 형님으로 모셔야지. 너는 아래위도 모르느냐?

이목 하인 : 이런? 교리께서 우리 나리보다 4년 먼저 출생하신 것은 사실이지만 너와 나는 나이가 같은데 무슨 뚱딴지 소리여? 그런 터무니없는 소리를 지껄이면 주인 나리의 명예에 먹칠을 한다는 것도 모르나? 서당개 삼 년에 풍문을 읊는다고 했는데, 사람들이 너를 보고 "뉘집 하인인데 저토록 무식할고? 주인이 무식한가 보다." 하고 욕할 게다.

'청렴 문관' 정붕鄭鵬과 '청렴 무관' 이순신李舜臣

정붕 하인 : 이놈아, '서당개 삼년에 풍문을 읊는다'가 아니고 '서당개 삼년에 풍월을 읊는다'다!

이목 하인 : 몰라서 그런 게 아니라 소리가 샌 거다. 그런 걸로 트집 잡지 마라.

정붕 하인 : 오냐, 인정해 주마. 앞으로는 발음을 똑바로 해라. 전적 나리의 명예를 지켜야지! 열아홉 살 성균관 유생 때 대왕대비께서 성균관 경내로 불러들인 무당을 내쫓은 분 아니시냐? 그뿐이냐? 영의정 윤필상 대감을 탄핵하다가 충청도 공주까지 쫓겨 가시기도 했던 분 아니신가! 장원 급제도 하셨고! 조선 천지에 이만 하면 어느 누구에게도 빠지지 않지!

이목 하인 : 오랜만에 뭘 알고 바른 말 하시네! 우리가 처신을 이상하게 하면 그게 곧 주인 나리에게 화살로 돌아가지. [웃는 얼굴로 반쯤 허리를 굽혀 절하면, 정붕 하인은 손바닥으로 그의 어깨를 토닥대려는 시늉을 한다. 이때 이목 하인이 큰소리로] 잘 알겠다, 동생!

정붕 하인 : 뭐야?

이목 하인, 놀리는 몸짓을 하며 요란스레 대문 안으로 뛰어 들어간다.

이목이 대청에 선 채로 그러고 있는 하인을 바라본다. 주인의 응시에 눈치가 보인 하인은 문득 조신한 동작을 하며 사랑채 옆으로 사라진다.

이목 : [근심어린 표정] 운정 형이 그토록 곤궁하시구나! 어떻게 하면 좋을까? 청렴하기가 너무나 대쪽 같으시니! 친인척에게서 잠시 양식을 빌리는 일이 무에 그리 해서는 안 될 일이라고, 저렇듯 결벽에 매달리시는지……. 아무튼 높고 낮은 관리들과 어울려 파당을 짓는 일이라고는 조금도 하시지 않으니 공연한 오해나 구설수에 휘말릴 일은 없지. 그건 그래도 다행이야.

이목이 하늘을 바라본다. 구름 아래로 한양 도성 전체가 보이고, 가까이 내려가면 대궐 전경이 보이다가, 그 중 전각의 일부 공간이 나타난다. 자막 [1500년(연산군 6)].
뒷짐을 진 채 거드름을 피우며 궐내를 걷는 노인이 보인다. 임사홍이다. 몇 명의 관원들이 그의 뒤를 병아리처럼 옹기종기 따르고 있다.

임사홍 : [오만한 웃음을 지으며] 사림의 젊은 선비놈들이 모함을 하여 내가 귀양살이까지 하고, 그 후로도 조정에서 밀려나 지낸 것이 무려 얼마간이었더냐? 산천이 두 번이나 바뀐 22년이나 되었다. 그 긴 세월 만에 돌아왔는데 인간들은 여전히 변함이 없군. '산천은 의구한데 인걸은 간 데 없다'는 것도 아주 옛말이야. 지금은 산천도 의구하고 인걸도 의구한 꼴이군! 정신이 썩은 자들이 우글우글해! 싹악 물갈이를 해야 해!

'청렴 문관' 정붕鄭鵬과 '청렴 무관' 이순신李舜臣

수행 관리 1 : [굽실거리며] 지당하신 말씀이십니다. 누가 그렇게 할 수 있겠습니까? 부원군은 전하께서 특별히 아끼시는 여동생 휘숙 옹주의 시아버지 되십니다. 이제 부원군께서 조정으로 돌아오셨으니 저희도 허리를 펴고 살 수 있게 되었습니다.

　　수행 관리 2 : 부디 저희를 이끌어 주십시오. 그 동안 마음 편하게 잠을 잔 날이 없었습니다.

　　임사홍 : 걱정들 말게. 썩은 선비들의 모함 때문에 나는 그토록 오랜 세월을 야인처럼 살았다! 내가 아무리 너그럽다 한들 어찌 그 자들을 용서할 수 있겠나!

　　관리들 : [이구동성으로] 은혜가 백골난망이올시다.

　　임사홍 일행이 지나가면 관리들이 좌우로 비켜선다. 관리들은 하나같이 "부원군 대감, 오랜 만에 뵙습니다.", "그 동안 강녕하셨습니까?", "조정으로 돌아오신 것을 진심으로 경하드립니다." 등등 제각각 한마디씩 한다.

　　이때 두루마리 여러 개를 안고 정붕이 걸어온다. 임사홍 일행 앞까지 다가온 정붕은 임사홍을 보고도 걸음을 멈추지 않고, 두 발을 모아 간단한 목례만 하고 다시 가던 길을 계속 가려고 한다.

　　관리 1 : [정붕에게] 이보게, 임사홍 부원군 대감이시네. 깍듯이 예를 갖추게.

정붕이 힐끗 임사홍에게 눈길을 돌리면 임사홍은 '어험!' 하고 거드름을 부린다. 하지만 정붕은 그냥 지나치려 한다. 임사홍의 인상이 험상궂게 변한다.

임사홍 : [수행 관리들에게] 저 자를 끌고 오너라!

끌려와서 임사홍 앞에 서는 정붕.

정붕 : [정색을 하고] 시생은 지금 공무수행 중입니다.
임사홍 : [비웃으며] 자네는 직위가 뭔가?
정붕 : 홍문관 수찬입니다.
임사홍 : [큰 목소리로] 수찬 주제에 무슨 대단한 공무를 수행한다고 감히 나를 능멸하는 것인가?
정붕 : [담담하게] 대감을 능멸한 적이 없습니다.
임사홍 : [얼굴이 벌개져서] 내가 누구인지 아는가?
정붕 : [여전히 담담한 목소리로] 처음 뵙습니다만, [관리 1을 가리키며] 방금 소개를 해주셔서 알게 되었습니다. 맏아드님이 예종 대왕의 부마이시고, 셋째 아드님이 성종 대왕의 부마이신 풍성군 대감 아니십니까?
임사홍 : [수염을 쓰다듬으며] 알기는 아는구먼. 정승판서마저 예를 갖추는 내 앞에서 그런 무례를 저질러? [수행 관리들을 돌아보며] 유생의 기본은 예禮인데, 기본 소양조차 갖추지 못한 자가 어떻게 조정의 관리로 있던 말인가?

'청렴 문관' 정붕鄭鵬과 '청렴 무관' 이순신李舜臣

관리 1 : [관리들이 일제히 고개를 끄덕끄덕하는 중에, 가장 먼저 잽싸게] 당장 정중히 예를 갖추게!

정붕 : [여전히 담담한 음성으로] 왕실의 외척은 스스로 삼가야 하는 것이 도리입니다. 부원군께서는 도승지에 올라 권신으로 행세하다 탄핵을 받으셨습니다. 그래서 유배 생활도 하시고, 풀려난 뒤 조정에 들지 못하고 은인자중도 하셨는데, 오늘날 또 다시 위세를 부리려 하시니 안타깝습니다.

임사홍 : [황당한 표정으로 정붕을 손가락질하며] 이런 자를 보았나? 무엇이라고 지껄이고 있는 게야?

관리들 : [인상을 쓰고, 손가락질을 하며] 이런, 이런!

임사홍 : [관리들을 돌아보며] 설마 내가 잘못 들은 것인가?

관리 1 : [격분한 음성과 표정] 말을 삼가지 못할까?

관리 2 : 정 수찬! 어느 안전인데 감히 패악을 부리는가!

정붕 : 저 같은 하급관리는 바로 윗분만 알 뿐 아주 높은 분들은 잘 알지 못합니다. [다시 간단한 목례를 하며] 공무수행 중이라 이만 물러가겠습니다. [말을 마치고는 멀어져간다. 임사홍을 비롯한 모두가 황당한 표정을 짓는다.]

관리 1 : [정붕을 가리키며] 참으로 오만방자한 자입니다.

관리 2 : 대감, 당장 저놈을 잡아다 물고를 내겠습니다!

임사홍 : [분을 참지 못하는 표정과 음성으로] 저 자는 누구인가?

관리 1 : 이름이 정붕으로, 김굉필의 문하입니다.

임사홍 : 김굉필? 그렇다면 김종직 일파가 아닌가?

관리 2 : 그렇습니다.

임사홍 : [아주 궁금한 표정으로] 김굉필은 김종직 문하의 역도로 무오사화 때 귀양을 갔는데 저 자는 어찌 무사한 것이냐?

관리 1 : 정붕이 김굉필의 문하이기는 해도 붕당에 소속되어 활동하지 않았고, 무령군의 처조카사위이지만 그 댁에서 양식을 꾸어줘도 거절하는 등 오직 바른 소리만 일삼고 학문에만 전념해온 자입니다. 김종직이 세조 대왕의 즉위를 나쁘게 헐뜯어 쓴 '조의제문'으로 말미암아 무오사화가 일어났을 때에도 그 일과는 전혀 무관하여 화를 피했습니다.

임사홍 : [눈매를 가늘게 뜨며] 무령군의 처조카사위?

관리 2 : 예, 그렇습니다.

관리 1 : 무령군이 뒷배를 봐준 게 아닐는지요?

관리 2 : 그럴 리가 없습니다. 정붕은 평상시 무령군을 아주 좋지 않게 여겼기 때문에 두 사람은 왕래도 없는 사이입니다. 저 자의 내자(아내)만 무령군 부인마님과 연락을 주고받을 뿐입니다.

임사홍 : [못마땅한 말투로] 그것 참 괴이한 일이로군. 내 아들 희재도 김종직의 문하라는 이유로 곤장을 100대나 맞고 귀양을 갔는데, 저 자가 무탈했다니······. 아무튼, 아직도 조정에는 솎아내야 할 썩은 자들이 많군.

'청렴 문관' 정붕鄭鵬과 '청렴 무관' 이순신李舜臣

관리 1 : 지당하신 말씀이십니다.

임사홍 : [주위를 향해] 가자. 주상 전하를 뵈어야겠다.

편전 쪽으로 향하는 임사홍과 그 무리들. 전각 사이의 하늘을 어둡게 뒤덮고 있는 검은 구름. 협문을 등진 채 그들을 보다가, 다시 하늘을 보다가 하며 시선을 교차하고 있는 정붕. 어수선한 마음을 가누지 못하는 표정이다.

정붕 : [탄식] 가뜩이나 어지러운 조정에 늙은 승냥이까지 활개를 치게 되었으니 머지않아 또 다시 피바람이 불겠구나! 어쩌면 좋단 말인가! 여섯 해 전 무오사화 때 얼마나 많은 선비들이 화를 당했던가! 나의 벗 한재(이목)도….

궁궐 위 검은 하늘. 자막 [6년 전 연산군 4년(1498)].

근정전 전면이 보인다. 건물 안으로 들어서면 연산군이 옥좌에 앉아 있고, 유자광 등이 도열해 있다.

유자광 : [흥분한 음성] 전하! 김종직의 문하들이 세조대왕의 즉위에 대해 아주 잘못된 일이라고 비난하고 있습니다. 이는 전하의 정통성을 인정하지 않겠다는 반역 행위인즉 엄히 다스려야 할 줄로 아옵니다.

연산군 : [놀라는 표정] 무엇이라고 했소? 다시 한번 말해 보라. 반역이라니?

유자광 : 김종직이 일찍이 '조의제문'이라는 글을 썼는데, 세조대왕께서 왕위에 오른 일을 역사에 부끄러운 참혹한 사건이라고 비난하였습니다. 이는 전하께서 옥좌에 오르신 일이 잘못되었다고 하는 것과 같습니다. 김일손 등 김종직의 문하들이 실록에 '조의제문'을 실으려고 이미 사초를 써둔 상태입니다. 세조대왕과 그 뒤를 계승한 임금들을 천세만세 욕보이려는 참담한 모반이 아닐 수 없습니다. 소신이 '조의제문'에 낱낱이 주석을 붙인 것이 여기 있사오니 통촉하여 주시옵소서.

유자광의 두루마리가 연산군에게 전달된다. 읽으면서 부들부들 떠는 연산군. 그러다가 자리에서 벌떡 일어선다.

연산군 : [크고 살벌한 음성으로] 경들은 도대체 무엇을 하는 사람들인가? 어떻게 이런 일이 벌어질 수 있는가? 그러고도 한 나라의 중신을 자처하며 국록들을 먹고 있소?

이극돈 : 면목이 없사옵니다, 전하!

윤필상 : 소신들의 무능 탓이옵니다. 죄를 물어 주시옵소서. [다른 신하들, "죄를 물어 주시옵소서!" 합창]

연산군 : 모두들 들으라!

백관들 : [허리를 굽히며] 예, 전하!

연산군 : 이번 역모는 김일손으로부터 시작된 것이다. 그 자부터 국문하라!

'청렴 문관' 정붕鄭鵬과 '청렴 무관' 이순신李舜臣

백관들 : [허리를 굽히며] 예, 전하!
　　연산군 : 관련되는 자들은 모두 압송해서 전말을 추궁하라. 저항하거나 사실을 숨기는 자가 있으면 신분과 지위 고하를 막론하고 더욱 엄중히 문초를 해서 국법의 존엄함을 만천하에 밝혀야 할 것이다. 모든 일을 왕명으로 처리하라!
　　유자광 : [큰 소리로] 알겠나이다, 전하! (백관들, 합창)

　　연산군은 여전히 선 채로 얼굴을 붉으락푸르락 하고 있고, 신하들은 무리를 지어 어전을 물러난다. 유자광이 이극돈의 곁으로 다가서며 귓속말을 건넨다.

　　유자광 : 대감의 공이 제일 크오. 김일손 등이 '조의제문'을 실록에 실으려 한다는 사실을 알아내었으니 말이오.
　　이극돈 : 별말씀이시오. 그 자가 실록청 당상인 나에 대해서도 나쁜 말을 실록에 실으려 하고 있소. 실록 편찬 책임자에게도 안하무인이니 어찌 그런 자를 가만히 두고만 볼 수 있겠소?
　　윤필상 : 김일손과 동문수학한 이목이란 자도 그 못지않소. 선왕 때 가뭄이 오래 지속되자 "윤필상을 삶아서 하늘에 제사를 지내야 비가 내릴 것입니다." 하고 상소를 한 작자가 아니오?
　　유자광 : [고개를 끄덕이며] 그렇다마다요. 나도 기가 막힌 일을 겪은 일이 있소이다.

윤필상, 이극돈 등 : [일제히 유자광을 쳐다본다.] ……?

유자광 : 김일손의 스승인 김종직이란 자는 함안 군수로 있을 때 경상도 관찰사인 나의 시가 정자에 걸려 있는 것을 보고 끌어내려 부순 작자요. 우리가 어젯밤에 만나 이번 기회에 궐에서 쫓아내야 할 자들의 살생부를 작성해 놓았으니 며칠만 지나면 세상은 우리 천하가 되는 게요.

이극돈, 윤필상 등 : [흐뭇한 표정으로] 허허허.

유자광이 건물에서 나오면 사방에서 무장을 갖춘 채 방망이를 든 관헌과 병사들이 뜰로 몰려온다. 유자광이 이런저런 손짓을 하면 여러 패로 나뉜 금부도사와 추종 병사들이 우르르 흩어져 달려 나간다. 골목을 달려간 일단의 금부 관원들이 임사홍의 집 마당에 들이닥친다.

임사홍 : [당황한 기색으로] 무슨 짓들이냐? 여기가 어딘 줄 알고 감히 네 놈들이 …….

금부도사 : [목례를 마친 후] 어찌 모르겠습니까? 하오나 지엄하신 어명이라 어쩔 도리가 없습니다.

임사홍 : 어명? 어명?

금부도사 : 그렇소이다. [하며 고개를 돌리다가, 임사홍의 차남 임희재를 발견하고는 병사들을 향해] 포승줄로 묶어서 끌고 가자! [임희재가 반대 방향으로 움직이려는 기색을 보이자] 뭣들 하느냐? 죄인이 도망가려 한다. 빨리 추포하라!

'청렴 문관' 정붕鄭鵬과 '청렴 무관' 이순신李舜臣

임희재 : [병사들이 달려들어 팔을 비틀고 포승으로 결박하자] 왜들 이러시오? 내가 무슨 죄가 있다고……?

　　금부도사 : 죽은 김종직과 그의 문하 김일손 등이 전하가 왕위에 오른 것을 비난한 글을 쓰고, 그것을 선왕 전하의 실록에 실으려 한 역모죄를 저질렀소. 그대는 김종직의 제자로서 이목이란 자와 극친하니 필시 이번에 큰 벌을 받을 것이오. [병사들을 향해] 빨리 가자. 지체하다가는 우리도 경을 칠 게다!

　　금부도사, 임사홍에게 목례를 하고는 임희재를 끌고 나가 버린다. 어이없는 표정으로 멍하니 섰던 임사홍, 마루에 털썩 주저앉는다.

　　임사홍 : [넋두리조로] 내가 효녕대군의 손자사위이고, 내 장남 광재가 예종 대왕의 사위이고, 삼남 숭재가 성종 대왕의 사위인데도 저렇게 허무하게 잡혀가는구나. 무령군도 내 아들 희재를 빼돌려줄 수 없었다는 말 아니냐?

　　임사홍 집 노복 : [무표정한 얼굴로 쳐다본다.] …….

　　임사홍 : [넋두리조 계속] 김종직과 김일손 놈들 때문에 애꿎은 우리 가문이 피해를 보는구나. 이미 죽은 김종직은 무덤에서 꺼내어 시신을 토막내는 부관참시 될 것이고……. 김일손은 참형을 당할 테지……. 설마 우리 희재야 죽기까지는 않겠지…….

임희재가 끌려가는 뒷모습. 그가 국문장 형틀에 묶이면 "그 자는 곤장 100대에 처하여 유배를 보내라는 어명이 떨어졌다!" 하는 고함소리가 터져 나온다. 임희재의 엉덩이에 사정없이 떨어지는 곤장, "퍽! 퍽!" 소리를 내며 계속된다. 옷에 피가 배어나온다. 임희재는 반쯤 죽은 기색으로 엎드린 채 연신 비명만 토하고 있다.
　　이때 서책을 잔뜩 실은 수레가 들어온다. 그 뒤에 포승줄로 꽁꽁 묶인 정석견이 끌려온다. 군졸들의 수장인 듯한 자가 유자광 앞으로 달려와 "죄인 김종직의 문집을 모두 수거해 왔습니다." 하고 고한다.

　　유자광 : [미소를 지으며] 그래? 잘했다. [오른쪽의 빈 공간을 가리키며] 저곳에다 부어라.
　　군졸 수장 : [허리를 굽히며] 분부대로 시행하겠습니다. [하고는 여럿이서 수레를 뒤집어 문집을 쏟아놓는다.]
　　유자광 : 기름을 붓고 불을 질러라. 반역 수괴의 문집이니라. 활활 태워라!

　　군졸들, 기름을 붓고 불을 붙인다. 검은 연기와 함께 시뻘건 화염이 공중으로 치솟는다. 유자광과 이극돈이 서로 마주보며 웃는다. 정석견이 안타까운 표정으로 '아, 아!' 얕은 신음을 토하면서 불살라지는 서책 쪽으로 나아가려다가 군사들에게 제지를 당해 뒤로 밀려난다.

'청렴 문관' 정붕鄭鵬과 '청렴 무관' 이순신李舜臣

이극돈 : [어이가 없다는 듯이] 저렇게 아둔한 자가 있나? 지금이 어떤 국면인지 눈치도 없단 말인가?

유자광 : [비웃으며] 저 부류들이 본래 정치 감각이 없는 작자들이지요. 하룻강아지 범 무서운 줄 모르고 우리 공신들에게 대들었으니 자승자박을 자초한 것 아닙니까? [형리들에게] 뭣들 하고 있는 게냐? 정석견은 중죄인 김종직의 문집을 편찬한 자이니라. 흠씬 곤장을 때려서 삼천리 밖으로 내쫓으라는 어명이 계셨다!

형리들이 달려들어 정석견을 틀에 묶고 곤장을 내리치기 시작한다. "퍽! 퍽!" 소리가 주변을 진동하고, 이윽고 핏물이 옷에 배어들자 지켜보고 있던 관리들도 얼굴을 찌푸린다. 하지만 유자광과 이극돈은 여전히 싱글벙글 마주보며 웃는다.
이어서 김굉필이 끌려와 형틀에 묶인다. 박한주, 강백진, 강겸, 표연말, 정여창, 정희량 등이 줄줄이 포박된 채 끌려와 뒤이어 형틀에 묶인다. 곤장 치는 소리가 사방 가득 요란하다. 비명이 뒤섞여 어느 소리가 누구의 목소리인지 전혀 알 수가 없다. "우리가 무슨 죄가 있다고 이러는 것이오?" "하늘이 두렵지 않소?" "선왕께서 하늘에서 지켜보시며 통탄하실 게요!"

유자광 : 개뚱딴지 소리를 지껄이고 있구나! 더 쳐라!

이극돈 : 반역 도당들이니라. 어명이 계셨으니 조금도 망설이지 마라! 맞아죽어도 마땅한 죄인들이다. 매우 쳐라!

　　온갖 소리들이 뒤엉켜 하늘로 올라간다. 이어서, 하늘에서 연산군의 악을 쓰는 고함이 내려온다.

　　연산군 음성 : 대역죄인 김종직의 파당인 김일손, 권오복, 권경유, 이목, 허반 등을 극형에 처하라! 하하하하!

　　연산군의 웃음소리가 메아리를 울리며 섬뜩하게 하늘 가득 울려 퍼진다. 그 웃음소리에 놀란 듯 갑자기 마른 하늘에서 벼락이 떨어지고 폭우가 쏟아지기 시작한다. 하늘에서 땅으로 떨어지는 빗줄기 끝에 사람들이 우왕좌왕 피하는 모습이 보인다.
　　빗줄기가 차차 약해지고 거리는 조용해진다. 한참 뒤, 비가 그치고 적막해진 길거리에 죄수 수송 함거들이 나타난다. 정붕이 달려와 어느 수레에 매달린다.

　　정붕 : [울면서] 스승님! 이게 어찌된 것입니까?
　　김굉필 : [담담한 미소를 지으며] 괜찮다…. 크게 괘념할 정도는 아니니 걱정하지 마라. 오래 걸리지는 않을 것이다.
　　정붕 : [손을 수레 안으로 넣으며] 온몸이 피투성이십니다. 이를 어쩌면 좋습니까?

'청렴 문관' 정붕鄭鵬과 '청렴 무관' 이순신李舜臣

김굉필 : [줄곧 미소를 머금은 채] 그래, 괜찮다. 너무 걱정하지 말라고 하지 않느냐?

　　정붕 : [안타까운 목소리로] 제가 평안도 희천으로 따라가겠습니다.

　　김굉필 : [손을 잠깐 잡았다가 다시 천천히 밀어내며] 큰일날 말을 하는구나. 너까지 내 꼴이 되려느냐?

　　정붕 : [다시 눈물을 흘리며] 제가 할 수 있는 일이 없습니다, 스승님! 원통하옵니다.

　　김굉필 : [눈짓을 하며] 그런 소리 마라. 누가 들을까 저어되는구나! 왕명이 있었느니라. [잠시 눈을 감았다가] 처신을 잘하면서 조정을 지켜야 한다. 명심할 수 있겠느냐?

　　정붕 : 이런 혼탁한 조정에서 무엇을 할 수 있겠습니까?

　　김굉필 : 어허, 그래도! 태평성대에는 유능한 관리만 있으면 충분하지만 조정이 흔들릴 때는 절의 있는 관리가 필요하다. 젊은 인재들이 그 역할을 맡아주어야 해! 알겠느냐?

　　정붕 : 스승님……!

　　병사들 : [정붕을 밀어낸다] 물러나시오!

　　정붕이 땅바닥에 쓰러진다. 김굉필의 함거가 바퀴 구르는 소리를 내며 멀어진다.

　　땅을 치며 통곡하는 정붕.

　　말굽소리에 이어 누군가가 병사들에게 내리는 명령이 정붕의 귀에 들려온다.

성희안 : [종사관 복장으로 말을 타고 있는 모습] 잠시 멈춰라!

정붕 : [울면서 쳐다보며] 형님 ······!

정붕이 일어서는데, 함거 하나가 그의 앞에 멈춰 선다. 정붕, 고개를 들고 부르짖는다.

정붕 : 숙부님!

성희안이 말에서 내려 병사에게 "물을 가져오너라." 하고 명령한다. 한 병사가 물바가지와 나무국자를 내민다.

성희안 : [정붕에게] 참판께 물이라도 드리게.
정붕 : 고맙습니다, 형님.

정붕, 나무국자로 정석견에게 물을 떠서 먹여준다.
성희안은 정석견에게 군례를 올리고, 정석견은 고개를 끄덕이며 담담히 미소 짓는다.

정붕 : [눈물을 글썽이며] 숙부님, 실로 원통합니다.
정석견 : 붕아, 내가 비록 유배의 몸이 되었지만 신하된 도리로 부끄러운 일은 한 적이 없다. 모두 모함이니 언젠가는 밝게 드러나는 때가 올 것이다.

'청렴 문관' 정붕鄭鵬과 '청렴 무관' 이순신李舜臣

정붕 : [흐느끼면서] 숙부님!

정석견 : [담담한 음성] 이 모든 것이 전하를 제대로 보필하지 못한 나의 허물이니 그것이 안타까울 뿐이다. 너무 의기소침해서는 안 된다. 평상심을 유지하도록 해라.

정붕 : [각오를 다진 표정과 음성으로] 스승님도 떠나고 숙부님마저 이렇게 떠나시니 저도 조정에 미련을 버리겠습니다. 내일 당장 고향으로 돌아가겠습니다.

정석견 : [근엄한 표정을 지으며] 어허! 벼슬을 버리는 것은 쉬운 일이다. 하지만 네가 그 동안 국록을 먹으면서 무엇을 했느냐? 아무 것도 이뤄놓은 것이 없으니 그만두는 것도 네 자의로 할 수 있는 일이 아니다.

정붕 : 숙부님…….

정석견 : 의로운 선비들이 모두 떠나고 간신배들만 조정에 남으면 백성들은 누가 돌보느냐? 백성들은 어찌하란 것이냐?

정붕 : [맥없는 말투로] 제 벼슬이 낮고 역량이 부족해 조정을 바꿀 수 없습니다. 답답하기만 합니다.

정석견 : [다정하게] 허허, 내가 너에게 세상을 바꾸라고 했느냐? 네 소임에 충실하라는 것뿐이다. 다행히 네가 그 동안 붕당에 휩쓸리지 않았고, 올바른 처신으로 많은 사람들의 신임을 얻어 왔으며, 평소 밝은 혜안을 보여 왔으니 충분히 오늘의 역경을 헤쳐 나갈 수 있을 게다.

정붕 : [목이 메어] 숙부님……!

정석견 : [달래듯이] 어허, 마음을 단단히 먹으라고 하지 않느냐?

정붕 : [울면서] 숙부님 ······! 숙부님 ······! 어리석은 조카를 항상 바른 길로 이끌어 주셨습니다. 앞으로도 가르침을 잊지 않고 숙부님의 뜻을 받들기 위해 성심을 다하겠습니다.

정석견 : [고개를 끄덕이며] 그렇게 말해주니 고맙고 마음이 든든하다. 너의 다짐이 멀리 가는 내게 큰 힘이 되는구나. [정붕의 손을 꼭 쓰다듬는다.]

정붕 : [걱정스런 눈빛으로 정석견을 바라보며] 오늘의 사화가 이번 한번으로 그치지 않을 것 같아 그것이 자꾸만 염려가 됩니다.

정석견 : [침울한 표정과 음성] 나 또한 그것이 걱정이구나.

병사들이 쳐다보자 성희안이 고개를 끄덕인다. 이윽고 멀어지는 정석견의 함거. 이를 멍하니 바라보는 정붕.

정붕 : [옆의 성희안에게] 술이라도 한 잔하시지요.

성희안 : [음, 하며 잠시 망설이다가] ··· 자네가 아직 모르는 모양일세···?

정붕 : 무슨 말씀이신지···?

성희안 : [눈을 감았다가 천천히 뜨며] 서소문 밖으로 가보세나.

'청렴 문관' 정붕鄭鵬과 '청렴 무관' 이순신李舜臣

정붕 : 서소문 밖이라니요? [놀라는 표정으로] 그렇다면……?
성희안 : 그렇다네. 한재(이목)가 잘못되었네…….
정붕 : [울음 섞인 목소리] 아, 끝내…….

정붕이 털썩 주저앉아 통곡을 한다.
정붕과 성희안을 둘러싼 도성 저자 풍경이 점점 원경으로 바뀌면서 이윽고 서소문이 눈에 들어온다. 사람들이 서소문 홍예를 거쳐 밖으로 달려 나가는 뒷모습이 보이고, 그들의 발뒤꿈치가 분주히 움직이다가 멈춰 선다.
다시 그들의 전신이 보이고, 사람들의 뒷모습이 작아지면서 그들의 머리 위로 긴 장대 끝에 이목, 권오복, 권경유, 허반 등이 효수된 채 내걸려 있다.
정붕의 울부짖는 목소리.

정붕 : 한재, 한재! 이게 무슨 꼴인가? 자네는 일찍이 나와 더불어 이 나라 사직을 강건히 하고, 백성들의 삶을 편안하게 북돋우는 일에 생애를 바치기로 맹세하지 않았는가? 그런데 겨우 스물여덟 나이에 세상을 버렸단 말인가? 이러고도 자네가 선비인가? 한번 언약한 일은 천지가 뒤집혀도 저버리지 않는 것이 올바른 선비이거늘, 10년도 채 지나지 않아 헌신짝처럼 내팽개친단 말인가? 어허허허!

지켜보고 섰던 성희안이 정붕을 일으켜 세운다.

잣과 꿀, 그리고 오동나무

성희안 : [정붕을 부축하면서] 이보게, 운정! 한재는 하늘이 낳은 천재였지만 이미 세상을 버렸으니 우리가 어쩔 텐가? 살아남은 우리들이 역할을 잘해서 한재의 남은 몫을 온전하게 처리하는 것이 벗의 마음을 제대로 기리는 도리 아니겠나? 우리가 슬픔에만 빠져 있는 것은 한재도 바라지는 않을 걸세. 자네도 일단 집으로 돌아가 몸과 마음을 추스르는 것이 좋겠네.

성희안이 병사들을 시켜 가마로 정붕을 자택까지 보내준다. 집에 당도하면 부인이 정붕을 안방으로 모시고, 곧 부부 사이에 대화를 주고받게 된다.

정붕 : 어허, 면목이 없군요……. 한재는 그 꼴이 되고, 숙부님과 스승님은 장형을 당한 뒤 유배를 가시고, 나는 마음을 다잡지 못해 백주대낮에 혼절 직전까지 가고….

부인 : [한숨을 쉬며] 아끼는 벗이 참형을 당하면 어느 누가 옳은 정신을 유지할 수 있겠어요? 자책하실 일은 아닙니다. 그보다도……. 조심에 조심을 해야겠습니다. 따지고 보면, 한재 선생도 영의정 윤필상을 조정에서 내쫓으려 한 이력 때문에 이번에 화를 당한 것 아닙니까?

정붕 : [눈물을 흘리며] 한재가…… 한재가 시를 지었지요. [한문을 암송한다. 각 행을 암송할 때마다 한글이 자막으로 떠오른다.]

'청렴 문관' 정붕鄭鵬과 '청렴 무관' 이순신李舜臣

憶咋同君大學宮 [억작동군대학궁]
그대와 성균관에서 함께 지냈던 일을 생각하네
以心相許皆豪雄 [이심상허개호웅]
서로 마음이 통해 모두가 영웅호걸이었지
雲程高議礙處通 [운정고의애처통]
운정의 높은 학문은 모든 것을 알게 해주었고
與叔和氣來春風 [여숙화기래춘풍]
여숙의 온화한 기운은 봄바람처럼 따뜻했었지

 이 칠언고시에 나오는 여숙은 조광림 선비라오. 평안도 희천에서 귀양살이 하시는 스승님께서 인근 어천역 찰방 조원강의 열일곱 살 자제 조광조를 제자로 받아 가르치고 계시는데, 그 조광조가 여숙의 사촌 되는 유생이랍니다.
 아무튼 한재는 나와 함께 성균관에서 함께 공부하던 시절을 그토록 그리워했다오. 그런데 지금은 참형을 당해서 머리가 하늘에 걸려 있으니 이를 어쩐단 말이오…….

 밖에서 무슨 말소리가 두런두런 들려온다. 정붕과 부인이 '이 상황에 누가 찾아왔단 말인가?' 하는 눈빛으로 서로를 쳐다본다.
 이윽고 부인이 대청으로 나가니 하인과 낯선 자가 마주 선 채 말을 섞고 있다가 함께 허리를 굽힌다. 부인이 의아한 눈길을 보내자 하인이 앞으로 나서며 말한다.

하인 : [낯선 자를 가리키며] 나리의 벗 두 분께서 정자에 술자리를 준비해놓고 기다리신다고 합니다.
부인 : [못마땅한 표정으로] 지금 나리가 어떤 상태인 줄 몰라서 그런 말을 하느냐?
하인 : [멋쩍은 얼굴로] … 예에.

방문 열리는 소리가 난다. 정붕이 손으로 벽을 짚은 채 대청에 서 있다.

정붕 : [힘없는 목소리로] 그렇다면 가 봐야지.
부인 : 아니? 그런 몸으로 어디를 출타한다 그러셔요?
정붕 : 나를 생각하는 벗들의 초대인데 예를 다해야 하지 않겠소?
부인 : 부르는 사람이 누군지도 모르는데……?
정붕 : [손으로 낯선 자를 가리키며] 심부름 온 사람을 보면 나를 찾는 벗이 누군지 안다오. 내 마음을 위로하려는 벗이니 그저 고마울 밖에.

정붕, 대청 아래로 내려선다. 부인이 부축하려 하자 "괜찮소. 혼자 걷지도 못하면 어찌 정자까지 갈 수 있겠소. 내 몸은 내가 잘 알고 있습니다." 하며 사양한다.
심부름 온 자가 앞장을 서고 정붕이 천천한 걸음으로 그의 뒤를 따라 걸어간다.

'청렴 문관' 정붕鄭鵬과 '청렴 무관' 이순신李舜臣

골목을 벗어나는 두 사람의 뒤를 따라 낮게 음악이 들려온다. 멀리 정자가 보이고, 좀 더 다가가면 기녀들과 어울린 30대의 두 사내가 불그레한 얼굴로 술판을 벌이고 있다. 자막 [강혼, 심순문].

강혼 : [약간 술에 취한 음성] 어서 오시게, 운정. 자네 심사가 어떻겠나 싶어서 위로주를 준비했다네.
정붕 : [자리에 앉으며] 고맙네…….
심순문 : [기녀를 끌어안은 채] 하하, 예로부터 주색이 다르지 않다 하였네. 술자리에 계집이 없다면 무슨 흥이 나겠는가?

기녀들은 강혼과 심순문에게 안주를 먹여주면서 키득거린다. "하하, 호호!" 이윽고 강혼과 심순문은 기녀들과 어울려 춤을 춘다. 기녀들은 강혼과 심순문에게 술을 따라주고, 정붕은 혼자서 차분히 마신다. 정붕이 하늘의 흰 구름을 한참 쳐다보다가 문득 한시 〈백운白雲〉을 지어 읊는다.

上皇呼吸白雲飛 [상황호흡백운비]
옥황상제의 숨결인가 흰 구름 날아
南北東西散綵衣 [남북동서산채의]
온 사방 아름다운 안개 가득하네
隱隱仙師求藥處 [은은선사구약처]

숨어사는 선비가 약을 캐는 곳에도
英英天女織紗機 [영영천녀직사기]
하늘 선녀들이 비단 짜는 베틀에도
萬千人歲和風雨 [만천인세화풍우]
천년만년 세상에 훈풍으로 비내리니
三十六宮蔽是非 [삼십육궁폐시비]
온 세상의 다툼들이 모두 없어졌네
此去奇峯凡幾里 [차거기봉범기리]
기이한 봉우리까지는 몇 리나 될까
夕陽移去極邊闈 [석양이거극변위]
석양에 흩어져 하늘가로 옮겨가네

아무도 정붕의 시에 귀를 기울이는 사람은 없다. 이윽고 정자에서 내려서는 세 사람. 술에 크게 취한 몸놀림이 역력하다.

기녀들 : [정자 위에서 손을 흔든다] 나리들, 다음에 또 뵐게요!

돌아보면서 같이 손을 흔드는 강혼과 심순문.

정붕 : [강혼과 심문순의 등에 대고] 자네들, 저 기녀들과 속히 멀어져야만 화를 피할 수 있을 것이야.

'청렴 문관' 정붕鄭鵬과 '청렴 무관' 이순신李舜臣

강혼 : [의아하게 쳐다보며] 낙홍과 아생에게 무슨 문제라도 있는가?

정붕 : [취한 목소리] 하여간, 다시는 만나지 말게.

심순문 : 예끼, 이 사람아. 저 아이들을 우리와 갈라놓은 후 자네가 몰래 만나려고? 가만히 보니 자네도 여색 보는 눈이 보통이 아니구만? 아생의 재색은 도성 최고 경지지.

강혼 : [기녀의 얼굴을 두 손으로 매만지는 동작으로] 맞아. 낙홍 또한 그렇고! 낙홍의 춤과 음악은 천하제일이지.

두 사람을 바라보던 정붕, "내 말, 한 귀로 듣고 한 귀로 흘리지 말게나." 하고는 몸을 돌려 혼자 걸어간다.

강혼 : [걱정스런 표정, 중얼거리는 목소리] 운정은 현명한 사람이라 앞일을 잘 알아맞히던데…….

심순문 : [어깨동무를 하며] 이보게, 뭘 그렇게 혼잣말을 하나? [술틀임을 하며] 조만간 내가 자리 한번 마련하겠네.

강혼 : [내키지 않는 표정과 목소리로] 그…… 그러게나.

강혼, 저 멀리 정붕이 보이는 뒤로 따라간다. 강혼이 보이지 않으면 심순문 혼자 아까 놀던 정자로 돌아온다.

낙홍 : [화들짝 두 손을 들어 반기며] 나리, 또 오셨나요? [노래조로] 사랑 사랑 구름 같다 가벼이 타령 마라

아생 : [역시 노래조] 떠난 님 가시는 듯 중천에 돌아오네

심순문 : [역시 노래조] 세상에 믿을 것은 정인情人 마음뿐이메라

낙홍 : [박수로 환호하며] 나리는 천하 최고의 한량이십니다. 인물 좋고 노래 잘하고 춤 잘 추고!

심순문 : [입을 벌리고, 좋은 듯이] 허허허! 그러냐? 세상이 알아주지 않고, 임금이 나를 알아주지 않아도 너희들이 나를 알아주는구나! 유쾌하구나, 오랜만에!

아생 : 사인 벼슬이 성에 차지를 않으시는군요? 하기야 나리의 그릇에 비하면 품계가 낮지요.

심순문 : 그렇지? 역시 너희들이 나를 알아주는구나! 너희들도 도성 최고의 재색인데 여기 있기 아깝다! 요즘 채홍사라는 벼슬이 생겨서 임사홍 대감이 나라 방방곡곡을 돌아다니며 인물 뛰어나고 가무 뛰어난 여인들을 뽑는다던데, 너희들도 궁궐에 들어갈 날이 있을지 누가 알겠느냐!

낙홍 : [웃으며] 인생만사 새옹지마이고, 사람 앞길 한 치도 알 수 없다고 했으니 쥐구멍에 볕들 날이 오지 말라는 법도 없지요.

아생 : ["짝짝짝!" 박수를 치며] 그렇지요, 나리?

심순문 : 암, 암! 그렇고말고!

심순문에게 술을 따른 낙홍, 일어나서 춤을 춘다. 아생도 뒤따라 춤을 춘다.

'청렴 문관' 정붕鄭鵬과 '청렴 무관' 이순신李舜臣

빙빙 돌아가며 교태어린 표정과 몸짓을 하는 두 기생. 심순문이 일어나 두 기생을 끼고 빙빙 돈다. 여러 차례 남녀의 움직임이 빙빙 돌고나면 어느샌가 배경이 정자의 자연 풍경에서 궁궐 내 연회장으로 바뀐다. 연산군이 흐뭇한 표정으로 바라보고 있다.

　연산군 : [반쯤 취한 음성] 저것들은 오늘 처음 보는 얼굴들이구나. 보통 미색이 아니군. 어디서 데려왔는고?

　임사홍 : 저 둘은 도성에서 재색 겸비로 아주 유명한 기녀들입니다. 소신이 학문에만 관심을 기울이느라 일찍이 저들의 명성을 듣지 못하였는데 이제야 존재를 알게 되어 늦게 데려왔습니다. 통촉하시옵소서.

　연산군 : 그래애? 최근에 저 둘과 만난 자는 누구인가?

　임사홍 : 그것이 소신이 미처 알지 못하옵고…. [몸을 돌려 풍악을 멈추게 한 후, 손짓을 하여 두 기녀를 가까이 오게 한 다음] 전하께서 하문하신다. 너희들은 이곳에 오기 직전 누구와 자주 만났느냐?

　낙홍과 아생 : [우물쑤물하며 말을 못한다.] ….

　임사홍 : [음성을 높여] 빨리 아뢰지 않고 무얼 하느냐?

　낙홍과 아생 : [곧장 무릎을 꿇고 엎드리며 벌벌 떠는 음성으로] 의정부 사인 심순문이 근래까지 가장 즐겨 저희들의 기방을 찾았나이다.

　임사홍 : 그 자가 무엇이라고 말하였느냐?

낙홍 : 전하께서 인재를 알아보지 못해 자신의 벼슬이 낮다고 하였습니다.

아생 : [낙홍의 말이 끝나기도 전에 그녀에게 질 수 없다는 듯이 성급한 말투로] 언젠가는 좋은 날이 오지 않겠느냐면서 수이 감을 자랑 말고 쉬어가며 살자고 했습니다.

연산군이 앉은 자리에서 벌떡 일어선다. 연회장의 모든 신하들이 용상 쪽으로 시선을 집중한다. 연산군이 화가 난 표정으로 임사홍에게 뭐라고 말한다. 원경인 까닭에 연산군의 말은 들리지 않는다. 임사홍이 허리를 굽히고, 신하들이 일제히 따라하는 풍경이 이어진다.

임사홍이 연회장 가운데를 걸어 건물 밖으로 나온다. 선전관 차림의 관리와 병사 10여 명이 달려와 임사홍이 손가락으로 가리킨 어딘가를 향해 달려간다.

꺾인 골목 모서리를 돌아 심순문이 포박된 채 잡혀가고 있다. 강혼이 벌벌 떨면서 그 뒤를 몰래 추적하고 있다. 심순문이 발버둥을 치면서 끌려간 곳은 형장이다. 형틀에 묶인 심순문을 빙빙 돌며 도부수가 칼춤을 춘다.

심순문은 이미 기절을 한 상태다. 도부수가 소리를 지를 때마다 깜짝깜짝 놀라며 오만상 얼굴을 푸들푸들 떠는 것은 숨어서 엿보고 있는 강혼이다. 이윽고 도부수의 마지막 칼춤이 허공을 휘달리자 심순문의 목이 떨어진다. 심순문의 머리가 장대에 매달려 창공에 걸린다.

'청렴 문관' 정붕鄭鵬과 '청렴 무관' 이순신李舜臣

그 광경을 보고 뒤로 나자빠진 강혼이 슬금슬금 앉은 채로 뒷걸음질 치다가 드디어 일어서서 어디론가 내달린다. 멀리 포졸들이 지키고 있는 관청 출입문이 보인다. 강혼, 출입문 첫 계단에서 엎어진다. 포졸들이 웃는다. 강혼, 기다시피 계단을 올라 문 안으로 들어간다. 그 바람에 '弘文館' 현판은 눈에 들어오지 않는다.

강혼, 붓을 들고 공무 중인 정붕 앞에 선다. 정붕, 흙투성이 옷과 질린 얼굴의 강혼을 놀란 표정으로 쳐다본다.

정붕 : 무슨 일인가? 그게 무슨 꼴인가?
강혼 : [말을 더듬거리며] 바, 방금 안문(심순문)이 차, 참형을….
정붕 : [들고 있던 붓을 내리며 탄식] 허어, 기녀를 멀리하라고 진심으로 당부했거늘….
강혼 : [덜덜 떨며] 나, 난 … 이, 이제 괜찮은 겐가?
정붕 : [미소를 머금으며] 이번에 화를 피했으니 앞으로 다시 무슨 일이야 있겠는가? 괜찮을 걸세.
강혼 : [자리에 앉으며] 대체 어찌 된 영문인지 모르겠네. 운정, 자네는 어떻게 이런 참사를 예견한 것인가?
정붕 : 굳이 예견이라고 할 것도 없네.

강혼과 심순문이 기녀들과 어울려 노는 배경 화면이 보이고 정붕의 음성이 들린다.

"전하께서 임사홍을 채홍사로 임명해서 아리따운 여인들을 대거 입궁시키기 시작했잖은가? 두 기녀도 자색과 재예가 도성 최고라고 평판이 자자했으니 입궁 전망이 높았지."

정붕의 음성이 이어진다. 강혼의 표정이 진지하다.

"전하께서 필시 기녀들에게 이력을 하문하실 게고, 그러면 가까이 지냈던 사내들을 거론하게 될 터인데 … 좋은 사람이라고 했다가는 자신들이 화를 당할 것인즉, 흠이 될 만한 것을 고할 게 너무나 자명하지 않나?"

놀라다가, 고개를 끄덕이는 강혼.

정붕 : [마주 앉은 강혼을 보며] 그것을 우려해서 내가 그대들에게 기녀들을 멀리하라고 충고했었는데, 자네는 내 말을 받아들였지만 안문은 최근까지도 기녀들과 어울렸으니 어찌 무사하기를 바랄 수 있겠는가?

강혼 : [자리에서 일어나 정붕에게 정중히 예를 올리면서] 운정, 이렇게 앞날을 예견하다니 자네는 진정 현자일세. 전에 문묘 꿈 이야기를 할 때에도 모두들 자네를 현자라고 칭찬해 마지않았는데 이번에는 나 본인과 직접 관련되는 일을 겪고 보니 더욱 그런 생각이 드네. 아무튼 이번 은혜는 죽는 날까지 결코 잊지 않겠네.

'청렴 문관' 정붕鄭鵬과 '청렴 무관' 이순신李舜臣

정붕 : [담담히 미소] 벗 사이에 이 무슨 해괴한 예인가? 아무튼 자네가 내 말을 믿고 기녀를 멀리하여 무사하게 되었으니 다행일세. 자, 앉게나. 놀란 가슴도 달랠 겸 차나 한 잔 나누세.

강혼이 숨을 달래는 동안 정붕이 차 두 잔을 들고 온다. 두 사람이 집무실 중심부의 둥그런 탁자로 옮겨가서 앉는다. 둘이 찻잔을 들어 입에 대고 천천히 마시기 시작한 후 강혼이 말을 꺼낸다.

강혼 : 얼마 전 자네가 성균관 안에 공자를 모시기 위해 차려둔 문묘文廟 꿈 이야기를 하던 것이 생각나는군. 안문도 그 자리에 함께 있었는데, 안문이 그때 자네의 앞날을 예지하는 능력에 공감을 했더라면 오늘과 같은 참사는 면할 수 있었을 텐데…

정붕과 강혼이 앉아있는 둥근 탁자에 투명인간처럼 젊은 관리들이 하나, 둘, 셋 들어와 모두 다섯 명이 합석한다. 마지막으로 심수문이 역시 투명인간이 되어 밖에서 방 안으로 들어온다.

심순문 : [요란하게 손을 흔들며] 무슨 흥미로운 이야기들을 하고 계시는가?

잣과 꿀, 그리고 오동나무

정붕 : 이제 막 시작하려는 참일세. 때맞춰 왔네 그려.

관리 1 : [비꼬는 말투로] 재미있는 일이라면 안문이 끼어들지 않을 사람이 아니지!

심순문 : [떨떠름한 표정으로] 좋은 말로 듣겠네!

정붕 : [두 손을 좌우에서 안으로 모아 잡으면서] 내가 지난밤에 참으로 해괴한 꿈을 꾸었다네.

관리 2 : 해괴한 꿈? 어떤 꿈을 꾸었는가?

정붕 : 문묘의 신위가 고산암高山菴으로 옮겨지는 망극한 꿈이었네. 아무리 꿈이라도 황망함을 금할 수 없더군.

관리 3 : 허어, 참으로 해괴한 꿈이로세. 그 꿈이 사실이라면 공자의 신위가 사찰로 옮겨진다는 것이 아닌가?

관리 1 : 그렇게 되면, 성균관과 이곳 홍문관이 폐쇄될 터인데, 설마 그런 일이야 있겠는가?

관리 2 : 그렇지! 문묘에 제사를 지내지 못하게 된다는 것은 이 나라 종사가 무너지는 것과 마찬가지의 참담한 사태가 아닌가?

정붕 : [수심이 가득한 얼굴로] 그런 일은 절대 일어나지 않아야 할 텐데 ….

'청렴 문관' 정붕鄭鵬과 '청렴 무관' 이순신李舜臣

제 6장
또 다시 부는 피바람

하늘에서 보는 궁궐 전경. 차차 근정전이 가까이 다가온다. 자막 [근정전].

연산군 : [크게 화가 난 표정과 목소리로] 성균관을 때려 부수어라. 말만 많고 아무 것도 할 줄 모르는 유생들을 키워 내는 성균관 따위는 이 나라에 도무지 둘 필요가 없다!

군사들이 달려들어 문묘 안의 기물을 앞다투어 파괴한다. 관리들은 공자의 위패와 전적들을 챙겨들고 황망히 도주한다. 군사들은 이윽고 문묘 건물마저 무너뜨린다. '文廟' 현판이 금이 간 채로 지붕에 매달려 풍경처럼 소리를 내고 있다.

뒷산에서 이 광경을 지켜보며 눈물을 흘리는 관리들.
사찰의 풍경風磬이 소리를 내고 있는 풍경이 보인다.
암자 출입문에 '高山菴'이라는 현판이 주련처럼 붙어 있다. 엉거주춤하게 서 있는 관리들.

관리 1 : [허망한 낯빛으로] 운정의 예언이 한 치 어긋나지 않고 그대로 적중했네 그려.

관리 2 : 어떻게 이런 일이 일어날 수 있단 말인가!

관리 3 : 공자의 신위를 절 어디에 모셔야 옳겠는가? 불상과 한 방에 모실 수도 없고….

"땡-땡땡―!" 꽹과리소리가 요란하다. 놀라는 관리들, 소리가 나는 방향으로 모두들 시선을 돌린다.

숲 사이로 말들이 내달리는 풍경이 멀리 보인다. 점점 가까이 "두두두―!" 달리는 여러 필 말의 튼튼한 다리들이 화면을 가득 채운다. 놀라 달아나는 사슴, 토끼, 고라니도 보인다.

연산군 : [좌우를 둘러보며] 말만 많을 뿐 나랏일에 아무 도움도 되지 않는 시끄러운 선비놈들의 본산을 때려 부쉈더니 온몸과 마음이 다 상쾌하구나! 이토록 좋을 줄 알았으면 진작 실행에 옮기는 것인데, 그 동안 왜 가만 뒀었는지, 쯧쯧….

호위 무장들 : [일제히] 현명하신 처사였습니다. 전하!

말을 탄 채 활을 겨누는 연산군. 이마에 띠를 두른 겨울 사냥복 차림의 29세 사내다. "피잉!" 날아가는 화살. "퍼억!" 화살에 맞아 쓰러지는 사슴.

'청렴 문관' 정붕鄭鵬과 '청렴 무관' 이순신李舜臣

호위 무장 1 : 명중입니다, 전하!

호위 무장 2 : 대단하십니다! 전하!

연산군 : [호쾌한 웃음] 하하핫! 궁궐에서 큰일을 완수해서 그런지 오늘은 사냥도 유난히 잘 되는구나! 계속 사냥감을 몰아라!

호위 대장 : [군사들과 백성들을 향해] 뭣들 하느냐? 어서 몰이에 나서라!

백성들은 수풀 헤치고 달리면서 "땡—땡땡—!" 꽹과리 울린다. 연산군, 연신 활을 날린다. 연산군이 활을 날린 곳으로 무장들도 연이어 화살을 쏘아보낸다. 쓰러지는 짐승들을 줄지어 보여준다. 이쪽저쪽에서 짐승을 나뭇가지에 묶어서 둘러맨 군사와 백성들이 연산군 앞으로 몰려든다.

연산군 : [빙 둘러보며] 오늘 수확이 훌륭하구나! 역시 초지일관이로다! 조정 안에서 나라의 큰일을 하고 나면 사냥터에서도 많은 것을 얻을 수 있다. 그렇지 않느냐?

호위 무장 1 : 지당하신 말씀이십니다, 전하!

호위 무장 2 : 하늘이 다 굽어보고 있는 줄로 아옵니다.

연산군 : 한참 사냥을 즐겼더니 이제는 풍악이 그립구나. 사냥에서 잡은 것으로 연회를 열어야겠다.

호위 대장 : 그렇사옵니다. 피리소리가 나면 춤판이 벌어져야 마땅하옵니다. 이것들을 궁으로 보내겠습니다.

잣과 꿀, 그리고 오동나무

연산군 : 그렇게 하라. 짐이 당도하기 전에 연회 준비가 다 되어 있어야지!

　　호위 대장의 지시에 따라 두 명의 무장이 군사들에게 짐승들을 들려 궁으로 출발시킨다. 장졸들이 이윽고 '燒廚房' 현판 앞에 당도한다. 자막 [소주방 - 궁궐 요리 담당 기관]. 요란하게 요리가 시작된다. 부글부글 지글지글 맛있는 냄새를 풍기며 요리들이 완성되어 간다. 나인들이 완성된 요리들을 복도로 들고나가 경회루로 옮겨간다. 나인들이 지나간 뒤로 용포를 입은 연산군이 나타난다. 복도에서 월산대군(성종의 형)의 부인 박씨와 마주친다. 자막 [연산군의 큰아버지 월산대군의 부인 박씨].

　　박씨 : [조금 냉랭한 목소리] 전하께서는 오늘 큰 나랏일을 처결하셨다고 들었습니다.
　　연산군 : [미간을 찌푸리며] 날마다 큰일들을 잘 처결하고 있으니 심려를 거두시지요.
　　박씨 : 어찌 마음을 두지 않을 수 있겠습니까? 선대왕들께서 물려주신 사직입니다. 영원백세 번창하기를 낮밤으로 기원하는 것이 저의 도리입니다. 전하께서도 사냥이며 연회는 이제 줄이시고 오직 임금의 은혜가 사방천지에 가득 차도록 하는 일에 전념해주시면 좋겠습니다. 채홍사도 폐지하시고요.

'청렴 문관' 정붕鄭鵬과 '청렴 무관' 이순신李舜臣

연산군 : [얼굴이 벌겋게 달아올라] 이런! 이런! [몸을 우왕좌왕하다가 갑자기 수행 궁녀들과 내시들을 내치며] 너희들은 모두 물러가라! [궁녀들과 내시들이 멈칫멈칫하자] 임금의 말이 우습게 들리느냐? 죽고 싶다는 게냐? [칼을 뽑아든다. 모두들 도망친다.]

박씨 : [겁에 질린 모습으로] 전하, 어찌 이러시는 겝니까?

연산군 : [그녀를 옆방으로 끌어들이며] 나는 말이 많은 사람은 관리든 왕족이든 모두가 진절머리가 나서, 아주 죽여버리고 싶소. 그런데 그대를 죽일 수는 없고…. [뿌리치려는 박씨를 방 안으로 끌어들인 연산군, 그녀를 쓰러뜨리고 덮친다. 창호지에 비치는 남녀의 몸부림. 차차 조용해진다.]

연산군 : [문을 열고 나오면서, 씩 웃는다] 오늘은 어찌 할 일이 이리도 많은가!

복도 모서리에 숨어서 기웃기웃 얼굴을 내밀던 내시들이 달려나와 연산군을 모시고 경회루 쪽을 향해 나아간다. 뒤이어 궁녀들이 몰려와 방문을 열치고 들어간다. 성희안이 사라지는 연산군의 뒷모습을 복도 끝에 서서 지켜보고 있다. 그의 얼굴이 참담하다.

경회루가 보이고, 음률이 낮고 감미롭게 울려 퍼지고 있다. 연산군 일행이 경회루 쪽으로 나아간다. 연산군이 연회장 안으로 들어선다. 제각각 요리상 앞에 앉아 있던 신하들이 모두 자리에서 일어나 연산군 쪽을 향해 절을 한다.

옥좌에 앉은 연산군이 "다들 앉으시오" 하면 모두 착석한다. 나인들이 고관들 앞마다 요리를 추가로 얹는다. 수북 쌓인 요리들을 바라보며 대신들이 흐뭇한 표정을 짓고, 입맛을 다시는 자도 있다.

　　연산군 : [만면에 웃음을 띠며] 어떻소? 과인이 오늘 사냥한 산짐승들로 요리한 음식이오.
　　임사홍 : [60대 노인이며 간교한 모습. 고개를 조아린다. 자막 '부원군 임사홍'] 성은이 망극하옵니다, 전하! 예로부터 군왕은 사냥한 고기를 신하들에게 하사해 돈독한 군신의 정을 나누었다고 합니다. [다시 한번 읍하여 예를 표한 뒤 얼굴 가득 미소를 머금고서] 전하께서 이렇듯 신하들을 배려해 주시니 감읍할 따름입니다.
　　신하들 : [모두 허리를 숙인다] 망극하옵니다, 전하!
　　연산군 : [둘러보며] 하핫! 모두들 그리 생각하는 게요?
　　신하들 : 여부가 있겠습니까, 전하!

점점 풍악소리가 요란해진다. 연산군과 신하들의 웃음소리도 점점 커지고 높아진다.
경회루 멀리서도 이 소리는 다 들린다. 성희안, 박원종, 홍경주가 듣고 있다. 모두 침울한 얼굴들이다. 근처에서 정붕도 경회루의 풍악을 듣고 있다. 정붕은 그들의 존재를 알지만 세 사람은 정붕이 가까이 있다는 사실을 알지 못한다.

　　　　　　　　'청렴 문관' 정붕鄭鵬과 '청렴 무관' 이순신 李舜臣

성희안 : [낮게] 임금이 채홍사를 두어 온 나라의 인물이 뛰어난 처녀들과 부인들을 마구 끌어들이고도 모자라 성종대왕의 형 되시는 월산대군의 부인까지 능욕하였소.
　　박원종 : [한탄하는 음성] 어허, 이런 말세가 있나! 날마다 사냥질과 연회질을 하고도 모자라 눈에 보이는 대로 여인들을 겁탈하니 이게 과연 나라라고 할 수가 있겠소?
　　홍경주 : 어허, 목소리들이 크오.

　　한참 눈을 감은 채 무엇인가를 생각하고 있던 정붕, 이윽고 어금니를 굳게 깨물더니 자리를 떠난다. '司諫院' 현판 아래를 지나 집무실로 들어선다.

　　정붕 : [앉은 채, 눈을 감고서, 낮은 목소리로 다짐을 하듯이] 숙부님, 스승님! 더 이상 보고만 있을 수 없습니다.

　　붓을 들어 상소문을 쓰는 정붕. 문 밖으로 보이는 경회루 불빛이 점점 가늘어지다가 캄캄해지고, 다시 천천히 밝아지면 도승지가 백관늘이 단하에 배석해 있는 중에 연산군에게 두루마리를 올리는 광경이 나타난다.

　　도승지 : 전하, 사간원 정원 정붕의 상소입니다.
　　연산군 : [짜증스런 말투로] 상소 따위는 올리지 말라고 했거늘 아직도 과인의 명을 거역하는 자가 있단 말이냐?

두루마리를 펼치는 연산군.
정붕의 목소리.

"전하! 사냥이 비록 군왕의 위엄을 떨치고 통솔력을 익히는 데에 약간의 도움이 되기는 하오나 전하께서는 사냥이 너무나 지나치십니다. 예로부터 과유불급이라 했으니 전하께서는 삼가 통촉해 주시기를 간곡히 청하옵니다." [연산군의 일그러진 얼굴]

"채홍사도 폐지하시옵소서." [부들부들 떠는 연산군]

"전하께서는 대자산으로 사냥을 나서시면서 선왕의 능을 참배하지 않으셨으니 이 또한 불경이 아닐 수 없습니다."

[상소문을 "쫙!" 찢는 연산군]

연산군 : [벌떡 일어서며] 이런 죽일 놈을 보았나! 대사간도 아무 말이 없는데 한갓 정언 따위가 감히 과인을 훈계해?

임사홍 : [간드러진 목소리로] 전하의 성정을 어지럽힌 자이니 죽어 마땅합니다.

연산군 : [찢긴 상소문을 던지며] 대역죄인 정붕을 당장 참하라!

자막 [이조참판 성희안] : [40대 중반의 얼굴] 전하, 정 정언은 오로지 전하를 위한 충정으로 고언을 아뢰었을 뿐입니다.

연산군 : [큰소리로] 시끄럽다!

'청렴 문관' 정붕鄭鵬과 '청렴 무관' 이순신李舜臣

성희안 : [정중한 음성으로] 전하! 정 정언이 비록 전하의 성정을 어지럽힌 죄를 저질렀지만 충정 어린 직언을 하였습니다. 충정을 참수로 다스리시면 오히려 전하께서 지금까지 베푸신 선정에 누가 될까 두렵습니다. 부디 통촉하시옵소서.

자막 [무령군 유자광] : [60대 노인의 모습. 떨떠름한 표정으로] 전하, 하급 관리의 망령된 상소일 뿐입니다. 후덕함을 보여 주심이 좋을 듯하옵니다.

자막 [예조참판 신용개] : [40대 중반의 얼굴] 전하, 무령군 대감의 말씀을 가납하옵소서. 전하의 인자하심과 덕망을 다시 한번 널리 알리소서.

자막 [형조판서 이극돈] : [연로한 대신] 죽일 가치도 없는 자입니다, 전하.

연산군 : [못마땅한 표정으로 한참 신하들을 내려보다가 마침내] 정붕의 죄는 죽어 마땅하나 과인이 은혜를 베풀어 죽음은 면해 주겠다. 당장 장형에 처하고 천리 밖으로 유배를 보내라!

끌려 나가는 정붕. 자막 [1504년(연산군 10) 9월18일].

임사홍의 "죄인에게는 장형 40대의 어명이 계셨다!'라는 목소리가 들리고, 이어서 정붕이 형틀에 묶인 채 "퍽, 퍽!" 곤장을 맞는다.

이를 악물며 비명을 참는 정붕. 대청마루 의자에 삐딱하게 앉아 이를 바라보는 임사홍.

임사홍 : [잔뜩 못마땅한 표정] 독한 놈. 곤장 40대를 맞으면서도 신음소리 하나 흘리지 않는군….

무릎을 꿇고 있는 정붕에게 다가서는 임사홍.

임사홍 : 네 죄는 네가 알렸다?
정붕 : 백성들의 고초를 전하께 낱낱이 고하지 못했으니 그것이 내 죄요.
임사홍 : [실소를 하며] 이런 고얀 놈을 보았나! [나직이] 내가 일찍이 들은 바로는 네가 선견지명을 지닌 현자라 하던데 어찌 네 앞가림조차 하지 못한 것이냐?
정붕 : 한치 앞도 내다보지 못하는 내가 어찌 선견지명의 현자일 수 있겠소? 모두 와전된 헛소문일 뿐이오.
임사홍 : [비웃는 미소를 흘리며] 맞다! 넌 헛된 이름만 앞세운 아둔한 자다. 네가 진정 현명한 유생이라면 진즉부터 내 밑으로 들어왔어야 했어. 내가 너를 안타깝게 여겨서 일러주는데, 성희안 따위는 너를 이끌어 주지 못한다. 절을 알고 시주를 해야지.
정붕 : [차분한 말투] 대감. 갈 길이 머니 이만 보내주시오. [차차 어두워진다.]

다음 날 아침. 정붕이 함거에 실려 한강 나루터로 끌려간다.

'청렴 문관' 정붕鄭鵬과 '청렴 무관' 이순신李舜臣

관리가 "배가 오면 건너가야 하오." 하며 강 건너편을 바라본다. 멀리 나룻배 한 척이 보인다. 도강을 하기 위해 배를 기다리고 있는 중에 성희안과 신용개가 온다. 정붕이 그들을 발견하고는 허리를 굽혀 인사한다.

성희안 : 운정은 어쩌자고 그렇게 노골적인 직언을 전하께 올린 겐가?

정붕 : 나라의 녹을 먹는 신하로서 군왕의 그릇됨을 고했으니 당연한 책무를 다했을 뿐입니다.

신용개 : 운정은 공자의 말씀도 잊었는가? 신하들의 직언을 받아줄 수 있는 군왕에게나 가능한 일일세.

정붕 : 두려움 때문에 군왕을 제대로 보필하지 못한다면 어찌 충직한 신하라 할 수 있겠습니까?

성희안 : [못 말린다는 표정으로] 하여간 …! [중얼거리듯이] 현명한 아우의 올곧음은 내가 익히 존경하는 바이지만, 지금은 때가 아니니 도대체 어쩌면 좋단 말인가 …?

정붕 : [도성 쪽을 바라보며] 전하가 군왕의 길에서 너무 벗어나 있어 큰일입니다.

성희안 : [탄식] 후우, 임사홍 같은 간신배들이 전하를 계속 타락으로 이끄는 게 문제야. [정붕의 손을 잡으며] 유배는 오래 가지 않을 거야. 부디 몸조심하게나.

정붕 : [엷은 미소] 저는 궁을 떠나게 돼 오히려 마음이 편합니다.

신용개 : [고개를 끄덕이며] 틀린 말도 아니네 ….

정붕 : 그 동안 학문에 소홀했는데 조용한 귀양지에서 생활하게 되었으니 밀린 공부에 매진할까 합니다. 궁극적으로는… 보통 백성들이 성리학의 이치를 기반으로 도덕을 지키며 살아가는 데 지침이 될 만한 논리를 펼쳐볼까 합니다. 유생들이 책상案 위上에 붙여 놓고 아침저녁으로 들여다보면서 실천을 다짐할 수 있는 그림圖 형태로 말입니다. 안상도案上圖라고나 할까 ….

신용개 : [고개를 끄덕인다] 좋은 계획일세. 부디 사람들을 도의 길로 이끌어 줄 수 있는 훌륭한 업적을 이루기 바라네.

정붕 : 꼭 두 분의 기대에 부응할 수 있도록 전심전력을 다하겠습니다.

성희안 : [정붕의 두 손을 다시 꼭 잡으며] 건강도 유의하고 …. 술도 좀 줄이게. 하기야 유배지에 무슨 술이 그리 많을까만 ….

정붕 : 허허허 …. 그보다도 …. 무오사화 이상 가는 환란이 일어날까 그것이 우려됩니다. 인재(성희안) 형과 이요당(신용개) 형께서도 부디 자중하십시오.

나룻배가 도착한다. 작별하는 세 사람. 정붕이 타고 떠나가는 배가 강 가운데를 넘어 아득히 사라질 때까지 바라보고 서 있던 성희안과 신용개가 궐로 돌아온다.

'청렴 문관' 정붕鄭鵬과 '청렴 무관' 이순신李舜臣

두 사람이 헤어져서 따로 걸음을 하는 중에, 성희안이 뜰에서 임사홍과 마주친다.

성희안 : [허리를 굽혀] 부원군을 뵙습니다.
임사홍 : [거드름을 피며] 정붕은 떠났소?
성희안 : 예. 동해안 영덕에서 귀양을 사는 동안 많은 생각을 하게 될 것입니다.
임사홍 : 당연한 말이오. 똑똑한 젊은이인데 사고방식이 좀 잘못되었지. 크게 뉘우칠 계기가 되었으면 좋으련만 ….
성희안 : 그렇게 될 것이라 기대를 합니다. 부원군께서는 어디를 가시는지요?
임사홍 : [수염을 쓰다듬으며] 나? 나야 뭐 전하를 뵙고 국정을 논하는 일 말고야 별달리 할 게 없는 사람 아닌가?
성희안 : 아, 예.
임사홍 : [손바닥을 내밀며] 그럼, 다음에 또 보세.

임사홍이 멀어져 간다. 임사홍의 뒷모습을 바라보며 성희안이 "저 자가 또 무슨 일을 꾸미려는지 …." 하고 중얼거린다. 휘청휘청 걸어가는 임사홍의 뒷모습. 경회루 쪽으로 사라진다.

성희안 : [중얼거린다] 저쪽은 경회루 방향인데? 전하께서 아침부터 술판을 벌이셨단 말인가?

경회루 누각에서는 연회가 벌어지고 있다. 음률 소리가 밖으로 흘러나온다. 임사홍이 "좋은 아침이로고!" 하며 몸을 한 바퀴 돌린다. 이윽고 누각 위로 임사홍이 올라간다.

연산군 : [얼굴이 반쯤 붉어진 상태] 어서 오시오, 부원군.

임사홍 : [허리를 굽히며] 백성들은 배부르고 나라는 태평성대를 이루고 있으니 이 모두 전하의 성덕이옵니다.

연산군 : 하핫, 그렇소?

임사홍 : 전하께서는 이 나라의 군주이십니다. 원하시는 모든 것을 소유하실 수 있고, 모든 향락을 즐기실 권리가 있사옵니다.

연산군 : 참으로 옳은 충언이오. 과인은 진즉 부원군을 만나야 했소.

임사홍 : 하온데, 전하! 근래 전하께 불만을 품은 자들이 드물지 않게 생겨났으니 ….

연산군 : [얼굴을 찌푸리며] 그게 무슨 말이오?

임사홍 : 전하께서 연회와 사냥으로 태평천하를 자축하시기 위해 공신전을 몰수하지 않으셨습니까? 그 때문에 일부 훈구파들이 전하께 ….

연산군 : [술잔을 탁 내려놓으면서] 뭐요? 공신전도 다 나라의 땅이고, 나라의 전답이 모두 임금이 것인데, 그만큼 부귀영화를 누렸으면 사직을 위해 공신전을 나라에 바칠 줄도 알아야 하는 법이거늘, 감히 짐에게 불만을 품어?

'청렴 문관' 정붕鄭鵬과 '청렴 무관' 이순신李舜臣

임사홍 : [간드러진 목소리로] 그래서 신이 국구(임금의 장인) 신수근 대감과 깊이 논의한 결과 훌륭한 대책을 강구했나이다.

연산군 : [솔깃한 표정으로] 그래요? 어서 말씀해 보시오.

임사홍 : [사방을 돌아본 후] 주위를 물리쳐 주옵소서.

연산군 : 모두들 물러가라. [다들 떠나가자] 자, 됐소?

임사홍 : [두루마리를 연산군에게 바친다] 전하, 이것을 보시옵소서.

연산군, 두루마리를 받아서 읽는다. 흘림체 글씨의 두루마리를 한참 들여다보면서 연산군의 얼굴이 붉으락푸르락 변색된다. 드디어 충격을 못 이기는 표정이 되어 얼굴살까지 부들부들 떠는 연산군.

연산군 : [임사홍을 보며] 이, 이게 모두 사, 사실이오?

임사홍 : [엎드리며] 감히 어느 누가 거짓을 전하께 고하겠습니까? 선왕께서 함구를 유명하시었지만 계속 숨기는 것은 신하된 도리가 아니라 사료되어 이제야 말씀을 올리는 것이옵니다. 전하께서는 크게 상심되실 일이오나 그래도 진실 자체를 알고는 계셔야 하지 않을까 싶어 몇몇이 고민 끝에 아뢰기로 결정하였사옵니다.

연산군 : [두루마리를 흔들면서] 말도 안 돼! 나를 낳아준 생모가... 지금의 모후(정현왕후)가 아니라니!

이마를 짚고 혼란스러워하는 연산군. 이를 슬쩍 훔쳐보면서 회심의 미소를 짓는 임사홍.

연산군 : [중얼거린다] 짐이 겨우 네 살 때 생모가 폐비가 되고, 마침내 사약까지 받았다고 …? 어허, 이럴 수가! 이럴 수가! 이럴 수가! ['팍' 팔을 뻗쳐 술잔을 잡아 들이킨다.]

임사홍 : 전하의 모후께서는 참으로 참혹하게 돌아가셨습니다. 수많은 훈구 대신들과 궁인들이 전하의 모후를 억울한 죽음으로 내몬 것입니다.

연산군 : [또 술을 들이키며, 붉은 눈으로 임사홍을 바라본다. 고함을 지르듯이] 도대체 어떤 작자들이? 웬 놈들이?

한 노파가 마루로 올라선다. 자막 [폐비 윤씨의 어머니].

노파 : [통곡하면서] 전하, 원통합니다! 억울합니다. 이 한을 부디 풀어주십시오.

연산군 : [누군고? 하는 표정으로 노파와 임사홍을 번갈아 바라본다.] …?

임사홍 : 전하의 외할머니이십니다.

연산군 : [몸이 뒤로 젖혀질 정도로 놀라면서] 외할머니?

노파 : 전하! 이렇게 훌륭한 임금으로 장성을 하셨습니다! 으흑흑흑! 긴 세월 동안 한번 용안을 뵙지도 못하고 … 으흑흑흑!

'청렴 문관' 정붕鄭鵬과 '청렴 무관' 이순신李舜臣

연산군 : [어쩔 줄 모르는 표정으로 노파를 응시한다.] …

노파 : [울부짖으며] 생모가 어떻게 죽었는지도 모르고 용상에 앉아계시는 우리 불쌍한 전하! 이를 어쩌면 좋을꼬? 어쩌면 좋을꼬!

처참하게 변하는 연산군의 표정. 이윽고 노파가 피 묻은 손수건을 꺼내서 높이 들어올린다.

노파 : 이것이 바로 … 전하의 생모께서 토한 피입니다.

연산군 : [벌떡 자리에서 일어서며] 생모가 토한 피? 생모가 돌아가실 때 토혈한 피라는 말씀입니까?

임사홍이 손수건을 받아 연산군에게 바친다. 손수건의 핏자국을 들여다보다가, 핏자국에 입을 들이대고, 손수건으로 얼굴을 감싼다. 연산군, "누가? 누가? 어떤 자들이?" 하며 고함지른다.

임사홍 : [달래는 듯한 음성으로] 전하! 선왕께서는 전하가 이 일을 아시면 연루자들에게 엄중한 죄를 물으실까 그것을 걱정하셨고, 그래서 함구하라는 유명을 내리셨던 것입니다. 부디 진실을 규명하시고, 모후의 누명을 벗겨내셔야 합니다. 다만 …, 모두가 지나간 일이오니 참형은 면하시어 멀리 귀양을 보내는 정도로 성은을 베풀어 주십시오.

잣과 꿀, 그리고 오동나무

노파 : [무슨 소리냐? 하는 표정으로] 부원군은 어찌 얼토당토않은 말씀을 하시는 게요? 죄인들은 마땅히 죽여야 합니다. 그 자들은 왕후인 내 딸을 죽였어요. 전하의 생모를 처참하게 죽였단 말입니다!

연산군 : [털썩 주저앉으며] 그만! 그만들 하시오!

임사홍과 노파, 서로 마주본다.

연산군 : [결연한 눈빛과 말투로] 부원군은 어찌 그리 너그러우시오? 이게 유배로 그칠 일입니까? 왕후를 끌어내리고 사약까지 받도록 한 일은 대역무도 중죄입니다. 마땅히 참형에 처해야 합니다. 부원군이 선처를 말하니 내 마음이 더욱 분하오. 나는 기필코 모든 년놈들을 참형에 처하고 말겠소. 어찌 생각하오?

임사홍 : [엎드리며] 백번 지당하신 분부이십니다. 소신이 잠시 정신이 흐려졌나 보옵니다.

연산군, 벌떡 일어나서 경회루 밖으로 나가버린다.

임사홍 : [주변에 아무도 없는 것을 확인하고는, 노파에게] 전하께서 죄인들을 참형에 처한다고 말씀하셨습니다. 이제 원한을 갚을 수 있고, 못된 자들을 조정에서 모두 내몰 수 있게 되었습니다.

'청렴 문관' 정붕鄭鵬과 '청렴 무관' 이순신李舜臣

노파 : [임사홍의 두 손을 붙잡고] 모두 부원군과 국구의 덕분입니다. 우리가 며칠 동안 모여서 어찌 하면 좋을까 숙의한 것이 보람이 있었습니다. 혹시 선왕의 체면을 생각하셔서 전하께서 너그럽게 넘어갈까 걱정을 했었는데….

임사홍 : [득의의 미소를 머금으며] 그래서 선처를 베푸시라고 먼저 말씀을 올린 것이지요. 오히려 전하를 자극하기 위한 우리의 계획대로 된 것입니다.

노파 : [고개를 끄덕이며] 부원군의 주도면밀함을 능가할 사람은 조선 땅에 다시 없을 것입니다.

임사홍 : [흐뭇한 표정] 과찬의 말씀이십니다. 앞으로 일이 되어가는 형편을 보아가며 다시 연통을 드리겠습니다.

임사홍도 일어나서 연산군이 사라진 쪽으로 간다.

대전 마른하늘 위에 "우르릉, 쾅쾅!" 우렛소리 울리고 "파지직!" 번갯불이 튄다. 대전 앞마당으로 번갯불이 튀어 번지면, 이어서 그 번갯불이 핏물로 변해서 다시 튀어 오른다. 연산군의 고함소리가 찌렁찌렁 울린다.

"부왕의 비었던 엄 귀인과 정 귀인은 짐의 모후가 출궁되는 데 앞장선 죄인들이다. 짐이 직접 모후의 원수를 갚을 것이다!"

연산군이 칼을 휘두르는 모습이 보인다. 연산군의 아버지 성종의 비 윤씨를 폐비시키는 일에 간여했던 엄 귀인과 정 귀인이 피를 쏟으면서 쓰러진다.

연산군, 칼을 들고 좌우로 마구 돌아다닌다. 뒤를 따르면서 내시들이 "전하, 전하" 하다가 연산군이 몸을 돌려 확 노려보면 바로 몸을 움츠리고 벽 뒤로 숨는다.

연산군이 궁 복도를 지나 어느 방 앞에 멈춰 선다. 문 앞을 지키던 궁녀들이 비명을 지르며 좌우로 갈라선다. 연산군이 문을 왈칵 열어젖히고 안으로 들어선다. 호호백발의 대비가 놀라서 연산군 쪽을 향해 일어선다. 자막 [대왕대비 인수대비].

연산군 : [칼을 들고 부들부들 떨다가, 칼을 내던진 후 머리로 인수대비를 들이받는다] "감히 내 생모를 죽여!"

쓰러지는 인수대비. 궁녀들의 비명소리. 복도를 지나 용상에 앉는 연산군.

연산군 : [고함을 지른다] 내 어머니의 죽음에 관련된 자들을 모조리 잡아 들여라!

금부 병사들에 의해 추포되어 끌려가는 관리들.

연산군 : 윤필상, 성준, 이세좌, 이주, 이극균, 권주 등을 참형에 처하라! 이들은 모후의 폐위와 사사에 찬성했던 자들이다. [여러 명이 참수되는 광경이 배경으로 나타난다.]

'청렴 문관' 정붕鄭鵬과 '청렴 무관' 이순신李舜臣

연산군 : 귀양 가 있는 김굉필에게는 사약을 내려라! [사약을 마시는 김굉필의 모습이 배경으로 나타난다.]

연산군 : 한명회, 심회, 정창손, 이파, 정여창, 남효온, 어세겸, 한치형 등은 무덤에서 파내어 부관참시를 하라! [무덤에서 관을 파내는 병사들이 배경으로 나타난다.]

제를 올리는 광경. 초가집 마당에서 정붕이 제를 올리고 있다. 자막 [정붕 유배지 영덕].

정붕 : [눈물을 흘리며] 스승님……! 끝내 화를 입고 마셨습니다, 스승님…. [한참 멍하니 앉았다가 술잔을 올리며] 스승님도 저도 귀양을 와 있기는 마찬가지인데, 스승님만 참담한 일을 당하셨습니다. 이를 어쩌면 좋습니까? 학문도 미천하고 아무 능력도 없는 저를 혼자 버려두고 스승님께서 세상을 떠나셨으니 잘못되어가는 사직은 어떻게 바로잡을 수가 있겠습니까? [술잔을 들어서 마시며] 저 하늘을 날아다니는 새들이 부럽습니다. [한가로이 하늘을 날아다니고 있는 새들] 얼마나 자유로운지요….

하염없이 하늘을 쳐다보고 있던 정붕, 한시를 읊는다. [한자 발음으로 낭송한다. 한 행을 읊고 나면 해당 한문과 번역문이 자막으로 떠오른다.]

잣과 꿀, 그리고 오동나무

風高漢水隨寒雁 [풍고한수수한안]
한강에 찬바람 부니 기러기가 찾아오고
花落江城聽晚鶯 [화락강성청만앵]
강변 성곽에 꽃이 떨어지니 늦봄 꾀꼬리 우는구나
千里無勞鄕土夢 [천리무로향토몽]
천 리 길 멀더라도 고향으로 돌아가서
一杯聊與故人傾 [일배료여고인경]
옛 벗들과 함께 한 잔 술 기울이고 싶네

정붕 : 귀양을 와 있으니 조정 시끄러운 일에 신경 쓸 일 없어 마음은 편안하다만 향수는 어쩔 수가 없구나.

정붕, 술 한 잔을 들이킨다. 그리고는 빈 잔에 술을 부어서 마치 맞은 편에 누가 있는 듯이 그에게 잔을 권한다.

정붕 : 이요정(신용개) 형! 전라도 영광으로 유배되었다고 들었습니다. 형에게도 갑자사화의 피바람이 몰아치고 말았군요. 지난 무오사화 때는 어린 벗 한재를 잃었고, 이번 갑자사화 때는 스승님을 잃었습니다. 이요정 형도 멀리 쫓겨나 이 아우와는 나라땅 동쪽 끝과 서쪽 끝에 떨어졌습니다. 보고 싶은 마음을 담아 시 한 수를 짓겠습니다. [한자 발음으로 낭송한다. 한 행을 읊고 나면 해당 한문과 번역문이 자막으로 떠오른다.]

'청렴 문관' 정붕鄭鵬과 '청렴 무관' 이순신 李舜臣

南國山川湖嶺分 [남국산천호영분]
남쪽의 산천은 호남 영남 나뉘어져 있는데
中間知隔幾重雲 [중간지격기중운]
그 사이를 구름이 겹겹으로 가로막고 있구나
情悲宋玉將歸客 [정비송옥장귀객]
송옥이 유배 떠날 때만큼이나 이별은 슬프고
腸斷愚溪留使君 [장단우계유사군]
유종원이 우계에 귀양 사는 만큼이나 애가 타오르네
卜得智仁交養處 [복득지인교양처]
지혜와 어짊을 기를 만한 곳을 찾아다니고
事歸鄒魯鮮能聞 [사귀추로선능문]
도학을 배우러 다니지만 현인 만나기 어렵네
堂前二樂兼三樂 [당전이요겸삼락]
다만 이요당 앞에서 삼락을 이루었으니
鼎食撞鍾未必云 [정식당종미필운]
종을 쳐서 밥을 먹는 명문대가들도 그렇지는 못하리

이때 30대 선비 한 사람이 마당으로 들어온다.

  정붕 : [표정이 밝아지면서] 송당! 먼 길을 또 오셨군!
  박영 : [절을 하며] 한훤당 선생 일로 얼마나 상심을 하시었습니까? 뭐라고 위로 말씀을 올려야 할지 모르겠습니다.
  정붕 : [허탈한 미소] 세상이 그 모양이니 어쩌겠는가….

박영 : 달리 별고는 없으신지요? 무슨 병환이 생기지는 않으셨습니까?

정붕 : [고개를 살짝 좌우로 흔들며] 스승님이 변고를 당하셨는데 아무 한 것도 없는 제자가 무슨 면목으로 누워서 편안하게 지내겠소? 억지로라도 움직이니 그래도 몸에 병이 들어서지는 않네그려.

박영 : [천천히 고개를 끄덕이며] 불행 중 다행한 일입니다. [들고 온 보자기를 평상에 내려놓는다.] 제주祭酒로 쓰시라고 박주를 준비해 왔는데 벌써 제를 마치셨군요.

정붕 : 유배 생활 중이라 정말 박주로 제를 지냈다네. 송당 자네가 오늘 찾아올 줄 알았으면 조금 더 기다릴 걸 그랬어. 함께 제를 지냈으면 스승님께 더 예가 되었을 텐데···.

박영 : [보자기를 푼다.] 제주로는 쓰지 못해도 이 술을 드시면서 슬픔을 달래시면 한훤당께서도 마음에 위안이 되실 것입니다.

정붕 : [평상에 앉으며] 그렇게 하세.

박영도 앉고, 두 사람은 술을 서로 권하고 마신다.

정붕 : [박영을 보며] 아무리 생각해도 송당은 대단한 인물일세. 무과에 급제한 전도 창창한 젊은 무인이었건만 선왕께서 붕어하시자 그 길로 낙향하여 학문에 매진하고 있으니 말일세. 그뿐인가?

'청렴 문관' 정붕鄭鵬과 '청렴 무관' 이순신李舜臣

박영 : [쑥스러운 표정] …….

정붕 : [박영을 보며] 장수 출신인데도 학문을 대하는 성심성의가 여느 선비들 이상 가니 어찌 세상 사람들이 한결같이 칭송하지 않겠는가? [여전히 쑥스러운 미소를 띠고 있는 박영] 그래, 그 동안 학문에 성취는 있었는가?

박영 : 배움이 부족하고 식견이 짧아 조금도 성취가 없습니다. 오직 형을 스승으로 모시고 가끔 찾아와 가르침을 청할 뿐입니다.

정붕 : [쭈욱, 술을 마시며] 겨우 네 살밖에 차이가 나지 않는데 스승이라니 가당찮네. 게다가 죄를 짓고 귀양을 와 있는 사람에게 배울 것이 무엇이 있다고?

박영 : 어찌 죄인이라 자칭하십니까? 어지러운 임금을 혼군(昏君)이라 하고 간신을 간신이라 한 것은 죄가 될 수 없습니다. 이 어찌 죄라 하겠습니까?

정붕 : 주상을 내놓고 혼군이라 하다니 …. 자네는 정말 큰일 날 사람일세, 하하.

박영 : [벌컥벌컥 술을 들이키며] 저는 그래도 선왕 때 관직을 버리고 시골로 돌아왔기 때문에 곤장을 맞거나 귀양을 산 적은 없습니다. 아주 온건한 위인이지요.

정붕 : [웃으며] 나를 과격한 사람이라고 꾸짖는군 그래.

박영 : [약간 당황한 표정으로] 예? 아닙니다, 그럴 리가! 현자로 세평이 자자한 스승을 어찌 그렇게 말하겠습니까?

정붕 : 허허, 현자에 스승이라! 그것 참 ….

쪼르륵, 박영에게 술을 따르는 정붕. 박영도 정붕에게 병을 기울인다.

박영 : [입술을 굳게 다물었다가] 저는 두려울 것이 없는 사람입니다. 스승님께서 말씀하시면 무슨 일이든지 감당을 하겠습니다.

정붕 : [차분하게] 어허, 이 사람 송당! 내가 사실 여부를 정확히 알지는 못하나 그대에 대해 짐작하는 바가 있다네. 그대는 틀림없이 선왕께서 붕어하신 후 지금의 임금과 조정이 정치를 잘못하고 있다고 판단하여 무엇인가 행동을 하려다가 여의치 아니하자 낙향을 한 것이 틀림없어. 그렇지 않고서야 어찌 앞날이 창창한 무과 급제 장수가 느닷없이 시골로 와서 학문에 정진하고 있겠는가, 말일세. 이건 나만의 짐작이 아닐세. 유림의 많은 선비들이 그리 여기고 있지.

박영 : [입술을 굳게 다문 채 말이 없다] ….

정붕 : [부드러운 음성으로] 그대도 짐작을 하시겠지만, 내가 안상도를 만들어서 도학의 생활 지침으로 삼으려고 계획한 까닭도 무엇이겠는가? 성현들의 가르침과 성리학의 철학을 실제 삶에 실천을 할 줄 알아야 진정한 선비가 아니겠는가? 나 스스로를 단속하고 수양하기 위해 안상도를 만들고 있다는 말일세. [잠시 호흡을 고른 후 박영을 바라보며] 머지 않아 이 혼탁한 세상이 끝날 것이야.

박영 : [말없이 고개를 끄덕인다] ….

'청렴 문관' 정붕鄭鵬과 '청렴 무관' 이순신李舜臣

정붕 : [정중한 음성으로] 자네는 새로운 세상에 중하게 쓰일 인물일세. 그런즉 지금은 부디 자중하시게나.

박영 : [목례를 하며] 명심하겠습니다.

정붕 : [혼잣말을 하듯이 낮은 목소리로] 돌이켜보면 나는 그 동안 공부를 게을리했어. 그래서 선현들의 가르침과 나 자신이 깨우친 바를 다시 한번 학이시습하고 있다네. 그것들을 나 스스로와 후학들에게 학문의 지침이 되고 삶의 지표가 될 수 있도록 일목요연하게 안상도로 정리하고 있지. 책상 위에 얹어두고 날마다 들여다보면서 올바르게 살아가자는 뜻이라네. 한훤당 스승께서도 '한빙계'라고 하여 사람이 수양을 하고 올바르게 사물을 대하는 방법을 열여덟 조목으로 정하신 바 있다네. 내가 좀 더 체계를 세우고, 주자의 '태극도'와 권양촌 선생(권근)의 '입학도설'처럼 그림으로 나타내어서 사람들이 누구나 손쉽게 실생활에 적용할 수 있도록 안내할 생각이네.

박영 : [진지하게] 완성이 되면 저에게부터 가르침을 주십시오.

정붕 : [고개를 끄덕이며] 그래야지. 그렇게 해야 하고말고.

두 사람이 자리에서 일어나 인근의 누각으로 올라간다. 누각 위에서 바라보는 사방 풍광이 자못 아름답다. 빗방울이 떨어지기 시작한다.

말없이 주변을 살펴보던 정붕이 천천히 입을 뗀다.

정붕 : [밝아진 목소리] 비가 오려는군 …. 그래도 그대가 먼 길을 이렇게 와주니 내 마음이 많이 진정되는 느낌일세.

박영 : [목례를 하며] 제자의 도리일 뿐입니다.

정붕 : [웃으면서] 허허, 그렇게 말해주니 너무나 고마우이. [박영을 따스한 눈빛으로 바라보며] 이제 그대도 길을 나서야 하니 내가 송별시를 한 수 읊겠네. 어찌 그대를 그냥 가시게 하겠는가?

박영 : [허리를 굽히며] 이렇게 광영을 베풀어주시니 몸둘 바를 모르겠습니다. 시를 마음에 새겨 평생의 보배로 간직하겠습니다.

정붕 : [슬픈 느낌의 목소리로] 서쪽으로 그대 떠나보내는 길에 함께 누각에 오르니 [送君西去共登高송군서거공동고] 구름에 앞산 봉우리 어둡고 비와 바람이 몰려오네 [雲暗前峯風雨號운암전봉풍우호] 이별의 안타까움 점점 깊어지니 누구에게 이 마음 전하리 [離恨轉深誰與語이한전심수여어] 바다와 산에 달빛 저물고 파도소리만 쓸쓸히 들려오네 [海山殘月獨聞濤해산잔월독문도]

박영 : [눈물 기운이 어린 눈빛과 음성으로] 스승님! 다음에 뵐 날까지 부디 건강히 지내셔야 합니다.

정붕 : [기운을 찾은 음성으로] 물론이오. 걱정 마시게.

'청렴 문관' 정붕鄭鵬과 '청렴 무관' 이순신 李舜臣

이윽고 두 사람, 작별 인사를 하고 헤어진다. 멀리 가던 박영이 돌아보며 거듭 허리를 굽힌다. 정붕, 아쉬운 듯 손을 힘없이 흔든다.

제 7장

잣은 높은 산마루에 있고

대전 마당. 자막 [1506년(연산군 12)].

호탕한 웃음을 터뜨리며 술을 마시고 있는 연산군을 비롯해 임사홍 등 관료들의 표정은 오로지 즐겁다. 대전 마당에서 연회가 한창이다. 기녀들이 훨훨 춤을 추고 있다. 풍악이 드높아가는 중에 무엇인가 함성이 뒤섞여 도무지 알아들을 수 없는 소리로 공기가 어수선해진다.

연산군과 임사홍 등이 두리번거리고, 무희들의 동작도 주춤해진다. 함성이 점점 크게 들려온다.

"와! 와!"

무장을 한 몇 명의 장수들이 군사들을 이끌고 달려오고 있다. 연회장에서 그리 멀지않은 지점까지 다가온 장졸들이 문득 멈춰선다.

자막 [박원종]. 건장한 체구의 무장이 입을 굳게 다물고 군사들을 바라보다가, 공중 높이 칼을 솟구치며 "혼군을 축출하고 조정을 바로 세우자!" 하고 외친다. 병사들이 창검을 올렸다 내렸다 하며 "와! 와!" 호응한다.

'청렴 문관' 정붕鄭鵬과 '청렴 무관' 이순신李舜臣

자막 [성희안]. 이어서, 무장 복장의 성희안이 "새 시대를 열 것이다! 백성들이 살기 좋은 세상을 만들 것이다!"하고 외친다. 역시 "와! 와!" 호응이 대단하다.

자막 [홍경주]. 홍경주가 창을 창공으로 솟구치며 "폭군과 임사홍이 저기 있다!"하고 외친다. 홍경주의 싱글벙글하는 얼굴이 유난히 두드러지게 눈에 들어온다.

연산군 : [놀란 표정으로, 옆의 임사홍을 돌아보며] 무슨 일인가? 이게 어찌 된 게야? 저 놈이 "폭군이 저기 있다!" 하고 부르짖고 있지 않느냐?

임사홍 : [도망가려고 몸을 반쯤 돌린 채로] 전하! 신도 당최 알지 못하는 일이옵니다. [다시 돌진해오는 장졸들을 보며] 바, 반란이 일어난 모양입니다.

연산군 : [말을 잇지 못한다.] ….

임사홍 : [연산군을 향해] 예, 반란입니다! [쳐들어오는 장졸들을 가리키며] 저것을 보십시오! 반역의 무리들이 궁궐 수비병들을 도륙내고 있습니다. 전하! 빨리 옥체를 피하셔야 합니다.

연산군 : [우왕좌왕하며] 이것 참, 이것 참….

임사홍 : [다급하게] 전하, 이러고 계실 때가 아닙니다.

수비병들이 성희안, 박원종, 홍경주 등이 이끈 장졸들에게 낙엽처럼 쓰러진다.

일부 수비병은 처음부터 맞설 생각이 없다는 표시로 잽싸게 창검에 백기를 매달고 봉기군에 합세한다. 연회장의 관리들 중에서 도망치기 급급한 자들은 죽임을 당하고, 두 손을 들고 투항 의사를 일찍 밝힌 자들은 추포된다.

자막 [임사홍]. 도주하다가 죽임을 당하는 관료들과, 두 손을 들고 서 있다가 추포되는 관료들을 모두 목격한 임사홍이 하늘 높이 두 팔을 치켜들고 "혼군을 축출하고 조정을 바로 세우자!" 하고 외친다. 봉기군 군사들 몇이 창검을 들고 다가오자 임사홍은 재차 "새 시대를 열자! 백성들이 살기 좋은 세상을 만들자!" 하고 외친다. 봉기군 병사들이 임사홍을 추포한다.

끌려가던 임사홍이 두 눈을 황소처럼 뜨고 '어, 어!' 하며 놀라서 주저앉는다. 자막 [유자광]. 유자광이 성희안 뒤를 따라다니면서 "폭군을 몰아내고 좋은 세상을 만들자!" 하고 외쳐대고 있다. 임사홍이 주저앉은 채로 "걷는 놈 위에 뛰는 놈 있고, 뛰는 놈 위에 나는 놈 있다더니 유자광이 언제 반정군에 합세를 했단 말인가!" 하고 중얼거린다. 병사들이 발로 임사홍을 걷어차서 일으켜 세워 끌고 사라진다.

이윽고 대전 마당 전체가 하늘 아래로 내려다보인다. 여기저기 주검들이 널려 있고, 불이 타오르고 있다. 검은 연기가 하늘을 가득 메웠다가 차차 옅어지고, 맑아지면 임사홍의 머리가 내걸린 장대가 보이고, 그 아래를 연산군이 탄 함거가 강화도로 가고 있다. 자막 [강화도로 유배되는 연산군].

'청렴 문관' 정붕鄭鵬과 '청렴 무관' 이순신李舜臣

연산군의 함거가 농촌을 지나간다. 함거가 이윽고 보이지 않는다. 한적한 농촌이 원경으로 계속 보이다가 어느 농가 마을이 전경으로 잡힌다. 서원 마루에서 정붕이 유생들에게 강론을 하고 있다. 그런데 정붕의 음성이 아니라 성희안의 음성이 들려온다.

성희안의 음성 : 전하, 반정 이후 유배에서 풀려나 조정으로 복귀했다가 몸이 아프다면서 고향으로 내려간 정붕을 기억하시는지요?

중종의 음성 : 이를 말이겠소! 기억나다 마다지요. 그의 이름은 반정 이전에도 익히 들어서 알고 있었소.

성희안의 음성 : 정붕은 바른 선비입니다. 성스럽고 밝은 전하의 시대가 왔는데 그런 인재가 초야에 머물러서는 안 됩니다. 천하의 유림들과 백성들이 지켜보고 있습니다. 현자가 조정에 참여하지 않으면 전하께서 민심을 얻는 데에도 도움이 되지 않습니다.

종중의 음성 : 짐이 아직 정치를 모르지만 그런 이치는 짐작이 가오. 그런데 우상 보시오. 과인이 여러 번 교지를 보내 불렀는데도 병이 깊다면서 정붕이 응하지 않으니 실로 안타까운 일이구려.

성희안의 음성 : 급마상래給馬上來를 하소서. 전하께서 선비를 부를 때 쓰는 최고의 문서 학두서鶴頭書를 교지로 내리시고 말馬을 보내어給 올라오라上來 명하소서. 정붕도 반드시 응할 것이옵니다.

중종의 음성 : 그러리다. 우상이 굳이 청하는 일인데다, 정붕이 그토록 뛰어난 선비라면 어찌 말 보내는 일이 아깝겠소?

서원으로 접근하는 군마와 관리, 그리고 수행원들. 두 명의 수행원이 말을 나무에 묶는 동안 조금 전에 하마 한 관리는 서원 경내로 들어선다. 수행원들이 뒤따른다. 자막 [1506년 음력 9월 20일 무렵].

관리 : [서원 강당을 올려보며] 정붕은 왕명을 받으라!

황급히 마당으로 내려와 꿇어앉은 정붕을 향해 관리가 교지를 펼쳐든다. 백성들이 몰려와 환호성을 내지르며 만세를 부른다. 정붕이 말을 타고 한양으로 출발한다. 길가에도 환영하는 백성들이 줄을 지어 서 있다.
이윽고 도성으로 들어서는 정붕. 대궐 출입문에 당도해 말에서 내리는 정붕. 성희안이 문에서 나오며 오른손을 들어 웃으며 환영한다. 정붕이 절을 한다. 두 사람이 대문 안으로 들어간다. 어느 전각 옆.

성희안 : 운정, 현 주상께서는 영특하시니 마음껏 뜻을 펼 수 있소. 더 이상 은둔을 고집하지 말고 사직과 백성들을 생각해서 조정의 일을 맡아주시게.

'청렴 문관' 정붕鄭鵬과 '청렴 무관' 이순신李舜臣

정붕 : 대감, 초야에 묻히려는 저를 어찌 이리 괴롭히십니까?

성희안 : 허허, 조정의 막중한 책무를 나누고자 함이니 나를 도와준다고 여기고 부디 마음을 바꾸게.

두 사람이 승정원으로 들어간다. 자막 [승정원]. 현판 '承政院'이 보인다. 복도에 어떤 고위 관리가 수행원 여럿을 거느린 채 누군가를 꾸짖고 있다. 중종반정의 공신 홍경주다. 자막 [홍경주]. 홍경주가 관리 한 명의 가슴을 두 주먹으로 '턱' '턱' 밀치고 있다.

성희안 : [홍경주를 보며] 왜 그러시오?

홍경주 : [분을 참지 못하는 말투로] 이 자가 감히 나를 보고도 예의를 갖추지 않고 닭 소 보듯 지나치지 않소? 목숨을 걸고 반정을 한 지 얼마 되었다고 벌써부터 이렇게 기강이 문란해서야!

성희안 : [정붕을 슬쩍 보면서] 웬만하면 관리들을 너그럽게 대하시구려.

홍경주 : [불퉁스럽게] 대감께서는 학문을 많이 한 선비라 그럴 수 있겠지만 본인은 그럴 만한 인격이 못 되오. 앞으로 악역은 본인이 감당할 테니 대감께서는 모른 체 하시오.

성희안 : [한숨을 쉬는 듯한 표정을 짓다가 정붕에게] 가세.

정붕이 성희안을 따라 복도 저쪽으로 사라진다. 이윽고 두 사람이 헤어지고 정붕은 현판 '弘文館' 아래를 지나 전각 안으로 들어간다. **자막 [홍문관]**. 자리에 앉아 업무를 보는 정붕.

창밖으로 단풍이 뚜렷하고, 한쪽에서는 낙엽이 떨어진다. 정붕, 승정원으로 두루마리를 들고 들어간다. 홍경주가 또 관리를 몰아붙이는 광경과 마주친다. 문득 홍경주의 등 뒤로 검은 구름 같은 것이 뭉게뭉게 피어오른다. 정붕이 눈을 씻고 다시 보는데 검은 구름은 여전히 뭉실뭉실하다. 홍경주 뒤편 멀찍한 지점에도 지금 광경을 바라보는 관리가 두 명 더 있다.

정붕, 한참 돌처럼 굳어 있다가 문득 "이 조정도 무오사화나 갑자사화 같은 환란을 면하지는 못하겠구나 …." 하고 중얼거린다. 이윽고 정붕이 두루마리를 그대로 든 채 홍문관으로 돌아온다.

관리 : 어째 표문을 제출하지도 않고 그냥 돌아오시오?
정붕 : [한 손으로 탁자를 짚은 채] 갑자기 머리가 깨지는 듯 아프오. 나를 대신해서 이것을 승정원에 좀 보내주시오.
관리 : [고개를 갸우뚱하며] 알겠소. 아프면 몸부터 돌보는 것이 당연하지. [두루마리를 받아 밖으로 나가던 그가 들어오는 두 사람에게 목례를 한다.] **자막 [이조판서 신용개], [이조참판 박열]**.

'청렴 문관' 정붕鄭鵬과 '청렴 무관' 이순신李舜臣

신용개 : [정붕을 보며] 어디 아프신가?

박열 : 바로 서지도 못하는 것을 보니 큰 병이 있는 게 분명하군. 의원에게 한 번 보이시게.

정붕 : [힘들게 바로 서며] 아닙니다. 공연히 가슴이 답답하고 머리가 어지러운 것일 뿐 별일은 없을 듯합니다.

신용개 : 조금 전 좌찬성 홍경주 대감이 승정원에서 횡포를 부리는 것을 보았네. 그 때문에 운정이 충격을 받은 것 아닌가? 그것 말고도 여러 가지가 마땅하지 않을 게야. 조정에 돌아온 지 얼마 되지 않았으니 더욱 마음이 불편할 것이고…. 하지만 참으면서 시간을 기다리는 수밖에 달리 도리가 없네.

정붕 : [묵묵부답] …….

신용개 : 아직 반정 초반이라 안정이 안 되어서 어수선한 것이라고 이해를 하시게. 만사가 잘 형통하는 날이 곧 올 테니…. 내가 전라도 영광에서 귀양살이를 하고 있을 때 자네가 시를 써서 말하지 않았던가? "지혜와 어즮을 기를 만한 곳을 찾아다니고卜得智仁交養處 도학을 배우러 다니지만 현인 만나기 어렵네事歸鄒魯鮮能開 다만 신용개 앞에서 삼락을 이루었으니堂前二樂兼三樂 부러울 것 없네鼎食撞鍾未必云" 하고 말일세. 그게 진심이라면 자네가 딴 마음 먹어서는 안 되고, 우리와 함께 사직을 강건히 세우고 백성들을 살기 좋게 만드는 일에 성심을 쏟아야 하네. 사대부가 이미 말한 바를 아니 지키는 법은 없겠지?

정붕, 말없이 고개를 끄덕인다. 서로 목례를 한 후 두 사람이 나간다. 정붕, 집무실을 왔다 갔다 한다. 두 사람이 아주 안 보일 즈음 정붕도 방을 나선다. 집무실에서 책을 읽고 있는 성희안 앞에 정붕이 선다.

성희안 : [반겨 맞이한다] 어서 오게. 자네 덕분에 홍문관이 모양새가 바로 잡혀 가고 있어 다행일세. 자, 앉게나.
정붕 : [선 채로] 좌상 대감, 시생이 병이 깊어 더는 정무를 볼 수가 없으니 사직을 받아주십시오.
성희안 : [일어서며] 또 왜 이러는가? 조정으로 돌아온 지 얼마나 됐다고?
정붕 : [고지식한 음성과 표정] 관리는 무릇 바른 정신으로 종사에 임해야 하는데 병 때문에 정신이 혼미하고 손이 떨려 도저히 정무를 볼 수가 없습니다. 그리고 고향에 계시는 노부모를 모시지 못하는 불효도 너무나 안타까우니 헤아려 주십시오.
성희안 : [탄식] 허어, 몸이 그토록 아프단 말인가?
정붕 : ….
성희안 : 그렇게 몸이 안 좋다니 나도 더는 붙잡을 수가 없구먼. 노부모도 모셔야 한다니 더욱 그렇고 말일세. 정말 안타깝네.

자막 [한강]. 나룻배가 강을 건너가고 있다.

'청렴 문관' 정붕鄭鵬과 '청렴 무관' 이순신李舜臣

정붕이 배 위에 서서 궁궐 쪽으로 하염없이 바라보고 있다. 정붕 혼잣말. "또 사화가 일어나서는 안 될 텐데…. 벌써 권력을 함부로 휘두르는 데 재미를 느끼는 공신들이 나타났으니…. 선비들이 또 무참히 죽겠구나…."

배가 천천히 한강 복판으로 들어간다. 나룻배가 어느샌가 원경이 된다. 하늘이 넓게 보인다. 하늘에서 성희안의 음성이 들린다.

"전하! 정붕이 비록 몸이 아파 사직을 하였으나 공기 좋고 물 좋은 시골에서 수령 직무를 수행하는 데는 무리가 없으니 공석인 청송 부사에 제수하소서. 그가 요양을 하는 데에도 도움이 될 것이고, 청송은 정붕의 고향과 가까운 곳이니 노부모를 봉양하는 데에도 적합하지 않을까 여겨지옵니다. 전하, 통촉하시옵소서."

신용개의 음성도 들린다. "전하, 소신도 그리 생각하옵니다. 가납해 주시옵소서.

박열의 음성도 들린다. "전하, 통촉하여 주시옵소서. 정붕은 현자로 칭송을 받는 선비이옵니다."

중종의 음성이 이어진다. "그렇게 하오. 영상, 이판, 참판이 한 목소리로 청하는데 어찌 허락하지 않고 버티겠소, 허허!"

세 사람의 "성은이 망극하나이다, 전하!" 소리가 들린다.

배가 아주 보이지 않고, 강물과 하늘만 보이다가, 이윽고 푸른 산이 눈앞을 가득 사로잡는다. 자막 [경상도 청송].

논두렁을 오가며 농사짓는 농부들을 독려하는 정붕의 모습. 몸동작은 병자처럼 힘이 없고 느릿느릿하다. 멀리 있는 관계로 주고받는 대화의 내용은 들리지 않지만 정붕이 뭐라고 말하면 농부들이 허리를 펴고 환하게 웃는 모습은 분명하게 보인다.

정붕이 들판 곳곳에서 농부들을 만나다가 어느 커다란 느릅나무에 닿는다. 정자에 모여 앉아 있던 농부들이 우르르 아래로 내려오고, 한 노인네는 정붕 앞으로 다가온다.

노인 1 : [절을 한 후] 사또께서 부임하신 이래 관원들이 마을을 찾아와 손 벌리는 일이 없어져 우리 백성들은 속편히 살아가고 있소만, 병환 때문에 출타하시기가 어려울 정도라는 소문이 돌아 걱정이 태산 같습니다. 오늘 이리 뵙게 되니 그래도 마음이 조금은 놓입니다. [정자를 가리키며] 오르시이소.

노인 2 : 변변찮지만 예서 요기를 하고 가시지요. [막걸리 사발을 흔들며] 막걸리도 있심니다.

정붕 : 막걸리도 있다는데 어찌 앉지 않겠소. 참새가 방앗간을 그냥 지나칠 수는 없지.

정붕과 농부들 모두 박장대소를 한다. 노인이 정붕에게 한 사발을 올린다. 죽 들이킨 정붕, 그 중 가장 연로해 보이는 노인 1에게 잔을 건넨다.

'청렴 문관' 정붕鄭鵬과 '청렴 무관' 이순신李舜臣

노인 2 : [웃는 얼굴로] 지가 배운 건 없어도 장유유서는 안답니다. 찬물도 순서가 있는데 우째서 사또께서는 노인을 제끼두고 청년부터 술을 권하시는지요?

정붕 : [약간 당황한 표정으로] 어허, 그렇게 되었습니까?

노인 2 : [노인 1을 가리키며] 소인의 사촌형인데 저렇게 젊은 얼굴입지요. 다들 소인이 훨씬 나이가 많은 줄로 안답니다. 허허허.

정붕 : [노인 1을 바라보며] 허허, 정말 하늘의 복이십니다. 저보다도 젊어 보입니다.

노인 1 : [얼굴이 붉어지며] 아이고, 사또께서는 선정을 베푸시어 백성들의 칭송이 자자하지만서도, 사람을 웃게 만드는 데에도 하늘의 재주를 타고 나셨습니다.

모두들 "하하" 웃고 왁자지껄하게 떠들면서 밥을 먹고 막걸리를 마신다. 잠시 후 자리에서 일어서는 정붕.

노인 2 : 사또! 건강이 좋지 않다는 소문이 널리 퍼져 있니더. 부디 강녕하셔야 합니데이. 저희 백성들을 생각해 주시이소.

노인 1 : 그렇심다, 사또! [보따리를 내놓으며] 오늘 저희 마을을 다녀가신다는 말을 듣고 뭘 좀 준비했습니다. 저희들이 산에서 캔 약초를 달여 만든 보약이올시다. 드시고 속히 완쾌하셔서 약값을 하시어야 하니더.

잣과 꿀, 그리고 오동나무

노인 2 : 술은 해로우니 금주를 하시이소.
정붕 : 이런! 이런! 오늘 여기 공연히 온 것 같소.

모두들 웃고, 백성들이 하직 인사를 올리면 정붕이 목례를 하고 출발한다. 정붕이 다시 천천한 걸음으로 농로를 걸으며 농부들과 인사를 주고받는다. 그러다가 나무그늘을 만나 잠깐 쉰다.

정붕이 "아까 그 느릅나무는 풍채가 대단하던데? 동신제를 지내는 고목인가?" 하고 아전에게 묻고, 아전이 "예, 그렇습니다." 하고 대답한다. 정붕이 "느릅나무를 본 느낌이 아직도 눈앞에 삼삼하군. 여름철 무더위 때 그늘 아래에 들어가 책을 읽으면 아주 좋겠던데?" 하면, 아전이 "예. 나무가 커서 그늘도 넓을 같습니다." 하고 대답한다.

정붕이 "시가 떠오르는구나." 하고는 일어서서 시를 읊는다. [한 행씩 우리말로 읊고, 자막에는 한시 원문의 해당 행이 떠오른다.]

찌는 더위도 동신단洞神壇 느릅나무 아래엔 들어오지 않네.
酷熱不來社上枌 [혹열불래두상분]
나무의 신비한 가지와 잎은 바람을 일으키는 도구인가?
神枝仙葉動風斤 [신지선엽동풍근]
요즘 사람들은 뱀이 고목 구멍 안에 피신했다 하고
妖蛇避穴余人見 [요사피혈여인견]

'청렴 문관' 정붕鄭鵬과 '청렴 무관' 이순신李舜臣

노인들은 학이 나무에 둥지를 틀었다고 말하네.
　　氷鶴尋巢故老云 [빙학심소고노운]
　　나무는 겨울 추위 속에서도 숨을 쉬는 듯
　　落落氷霜如吐納 [낙락빙상여토납]
　　때때로 상쾌한 바람을 은근히 일으키네.
　　時時爽籟發慇懃 [시시상뢰발은근]
　　마을 입구에 홀로 선 저 장군 나무는
　　村邊獨立將軍樹 [촌변독립장군수]
　　여름철에 글 지을 벗이 아니 올까 걱정하네.
　　當夏恨無會友文 [상하한무회우문]

　　아전이 "제목은 무엇인지요?" 하고 묻고, 정붕이 "분유粉楡라고 붙여야겠군. 느릅나무니까." 하고 대답한다.
　　정붕과 아전이 동헌 마루로 돌아온다. 자막 [청송 관아].
　　마루에 앉아 있던 아이들이 정붕이 오자 일어서며 일제히 "스승님, 어서 오시어요." 하고 인사를 한다. 그 중 한 아이가 "부사 나리, 어서 오시어요." 했다가 다른 아이들로부터 "그렇게 말하지 말라고 하셨잖아!" 하는 타박을 당하고, 어떤 아이로부터는 머리도 쥐어 박힌다.
　　울상이 되는 아이. 정붕이 "허허, 왜들 그러느냐? 내가 부사 나리인 건 사실이지." 하며 꿀밤 맞은 아이를 달래면, 아이들이 "그럼 이제부터 '부사 나리' 하고 부를까요?" 하고, 정붕이 "부르기는 스승님 해라." 한다. 아이들 "예!" 한다.

아이들이 앉고 《소학》을 펴들면 정붕이 강학을 시작한 광경이 보인다.

잠시 후 아전이 서찰 봉투를 지니고 다가선다.

아전 : [서찰 봉투를 두 손으로 올리며] 사또 나리, 영상 대감께서 안부 서찰을 보내오셨습니다.

정붕 : 그러하냐? 어디 보자.

정붕이 서찰을 보는 중에 포졸들이 수군수군 말을 주고받는다.

포졸 1 : 영상 대감과도 교분이 깊으신 양반이 고작 이런 시골의 부사로 지내단 말인가?

포졸 2 : 나라면 영의정에게 인사를 해서 한양에서 높은 벼슬을 할 텐데….

포졸 3 : 홍문관 벼슬이 싫다고 사직을 하니 임금과 영의정이 청송 부사를 맡으라고 명하셨다지 않나? 새삼스럽게 뭘 중앙에서 벼슬을 해?

정붕이 서찰 읽기를 마친 듯 보이자 아전이 묻는다.

아전 : 영상 대감의 서찰이라면 엄청 힘든 걸 시켰을 텐데…. 저희들이 해야 할 무슨 일이 떨어졌는지요?

'청렴 문관' 정붕鄭鵬과 '청렴 무관' 이순신李舜臣

정붕 : 응? 아, 아니다.

아전과 포졸들이 고개를 갸우뚱하면서 서로 얼굴을 돌아본다.

정붕 : [아이들에게] 오늘은 여기서 공부를 마치겠다. 집에 가면 뭘 해야 하는지 다들 알지?
아이들 : [이구동성으로] 학이시습이지요! 날마다 하시는 말씀이라 귀에 딱지가 앉았습니다요!
정붕 : [환하게 웃는다.] 허허허!

정붕은 얼굴 가득 웃음을 머금고, 아이들은 앞다투어 마루에서 내려가 정붕에게 절을 꾸벅한 뒤 마당을 내질러 달려간다. 정붕이 아전에게 "영상에게 답장을 써야겠구나." 하고 말한다.
아전이 포졸 한 명에게 손짓을 하고, 정붕이 앉는 동안 포졸이 대청 한 켠에 놓여 있는 붓과 종이 등을 책상 위로 얹는다.

정붕 : [아전과 포졸들에게] 너희들은 물러가거라.

아전과 포졸들이 물러가고 정붕이 혼자 남자, 하늘에서 성희안의 음성이 들려온다.

잣과 꿀, 그리고 오동나무

"운정, 잘 지내시는가? 신병身病도 차도가 있고, 학문도 더욱 융성하셨으리라 믿네. 다름이 아니라, 청송은 잣과 꿀이 명품인 고장 아닌가? 자네가 그곳의 수령인만큼 문득 명품 잣과 꿀의 맛을 보고 싶네그려. 자네가 수령이 아닐 때는 이런 생각이 들지 않았는데 그것 참 신기하군."

정붕, 붓을 들어 일필휘지로 답을 쓴다.

栢在高岑頂上 [백재고잠정상]
蜜在民間蜂桶中 [밀재민간봉통중]
爲太守者何由得之 [위태수자하유득지]

정붕이 3행의 답신이 모두 적힌 서찰을 다시 들여다보다가 서찰을 봉투에 넣는다.

조금 후 다른 옷의 손이 봉투에서 서찰을 꺼내고, 한시 전문이 한꺼번에 보인다. 서찰을 성희안이 들고 있다.

한시가 1행씩 보인다. 1행 栢在高岑頂上이 보이면 정붕의 "잣은 높은 산꼭대기에 있고" 목소리가 들려온다.

2행 蜜在民間蜂桶中이 보이면 정붕의 "꿀은 민간의 벌통 속에 있으니" 목소리가 들려온다.

3행 爲太守者何由得之가 보이면 정붕의 "태수가 어찌 구할 수 있으리오?" 목소리가 들려온다.

성희안의 얼굴에 식은땀이 흐른다. 아연실색하여 정신이 혼미한 듯한 표정이다.

'청렴 문관' 정붕鄭鵬과 '청렴 무관' 이순신李舜臣

성희안이 서찰을 방바닥에 떨어뜨린 채 멍한 표정을 짓고 있다. 이때, 밖에서 뭐라고 말하는 부인 이씨의 목소리가 창호지를 뚫고 방 안으로 들어온다. 성희안은 "장원 급제" 소리만 겨우 알아들었고, 뒷부분은 그저 '웅웅' 하는 울림으로만 들렸다. 이번 별시 문과에 장원을 한 김정국 선비가 인사를 왔으니 방으로 들여보내겠다는 통고였지만 도무지 해독이 안 되었다. 김정국은 무오사화 당시 열넷 소년이었으니 김굉필이 한양에 있을 때 가르친 마지막 제자였다.

그래서 성희안도 정붕의 동문 후배인 어린 그를 종종 보았고, 김굉필이 평안도 희천으로 유배된 1498년(연산군 4)과 사약을 받고 죽는 1504년(연산군 10) 이래 줄곧 보살펴 주기도 했다. 김정국이 문과에 장원 급제했다고 집으로 찾아와 인사를 올리겠노라 하는 것도 그런 인연 때문이었다.

다시 부인의 음성이 밖에서 들려온다.

부인 : [약간 높은 목소리로] 이번 과거에서 장원 급제를 한 성재(김정국) 선비가 왔습니다!

제대로 듣지 못한 성희안이 대답을 하지 않자 부인은 김정국에게 직접 방문을 열라고 한다. 쉰을 바라보는 부인에게 아직 스물다섯밖에 안 된 청년 김정국은 자신의 아들 성률이나 마찬가지로 귀엽게만 여겨졌다. 그래서 혼자 대청으로 올라가게 한 것이다.

김정국이 살그머니 문을 열고 들어설 때만 해도 성희안은 여전히 혼미한 상태였다. 그가 벼락을 맞은 듯이 버쩍 정신을 차린 것은 김정국의 인사가 자신의 이마를 내려친 순간이었다. 그것은 마치 천둥소리와도 같았다.

　　김정국 : [성희안이 졸고 있는 줄로 여기고 아주 부드럽게] 시생 문안 인사 여쭈러 왔습니다. 오수를 즐기고 계시는 중에 방해가 된 것은 아닌지 모르겠습니다.

　　이 조용한 목소리가 성희안은 마치 누가 칼을 목에 들이대는 듯 서늘하게 느껴졌다. 문득 정신을 차린 성희안은 방바닥에 떨어져 있는 정붕의 서찰부터 주워들었다.

　　김정국 : [봉투의 글자를 목격한 뒤라, 무심히] 그것은 청송 부사로 계시는 운정 형이 보내온 서한이 아닙니까?
　　성희안 : [당황한 표정과 목소리로] 그, 그렇지 …. 너는 어, 언제 왔느냐?
　　김정국 : [눈치를 채지 못하고] 운정 형이 몸이 아파서 시골로 가지 않았습니까? 많이 쾌차하셨는지요?
　　성희안 : [어쩔 줄 모르는 표정이 되어] 그, 그래 …. 자, 잘 지내고 있다는 소식이구나. 그, 그리고, 성재는 자, 장원 급제를 했으니 자, 장하구나. 하, 한훤당 선생이 사, 살아 계시면, 조, 좋아하실 테, 텐데 ….

김정국 : [여전히 무심하다] 돌아가신 지가 벌써 다섯 해나 된 스승님은 유택幽宅(묘소)을 찾아 인사 올리고, 운정 형은 직접 만나뵙고 싶습니다. 몸은 회복하셨는지 눈으로 확인도 하고, 장원 급제했다고 자랑도 해야지요. 청송 잣과 꿀이 명품이라던데 실컷 얻어먹고 와야지!

성희안 : [화들짝 놀라며] 뭐, 뭐라구?

김정국 : [자신도 덩달아 놀라는 표정이 되어서] 아니, 왜 그러시는지요? 부사 나리가 잣 몇 개랑 꿀 한 그릇 정도도 아니 주겠습니까? 몇 닢 한다고 ….

성희안 : [할 말은 없고, 한숨만 나온다] 휴우 ….

김정국 : [의아한 표정으로 성희안을 쳐다본다] ?

성희안 : [김정국의 눈길을 피한다] …….

김정국 : [더욱 의아한 표정을 지으며] 아니, 뭔가 아까부터 좀 이상한 느낌이 드는데 …. 대감께서는 왜 그리 기운이 없으신지요? 연산군을 쫓아내고 새 성군을 모셨으니 나라에 충신, 가문에 영광, 일신에 입신출세 …. 걱정거리라고는 있을 수 없지요. 그런데 왜 …? [잠시 망설이다가] 혹시 운정 형에게서 좋지 않은 소식이라도 …?

성희안 : [황급한 목소리로] 아, 아니다! 아무 일도 없다! 그런 일이 있으면 알리지도 않고 나만 알고 있겠느냐?

김정국 : [믿을 수 없다는 표정으로] 그러니 더 이상하다 …는 겁니다. ['확' 달려들어 서찰을 움켜쥔다] 내용이 뭔데 …? [읽다가 배를 잡고 웃는다.] 어하하하! 이런! 이런!

잣과 꿀, 그리고 오동나무

성희안 : [말은 못하고 점점 얼굴이 붉어진다] ….

김정국 : [계속 "어하하하!" 웃어대다가 문득 정색을 하고, 울상의 성희안을 보며] 소, 송구합니다. 이, 이런 경박한 짓을… 경박한 언행을…. 아, 아무에게도 말하지 않겠습니다. 소, 송구합니다. 그, 그리고 대감께서 잘못하신 것도 없습니다. 운정 형이 너무 결벽한 것이지…. 시, 시생, 무, 물러갑니다.

김정국, 방문도 닫지 않고 달아난다.

부인 : [웃음소리, 뛰어나오는 김정국 등 이상한 낌새에 고개를 갸우뚱하다가 방으로 들어와 문을 닫으며] 무슨 일이람?

성희안 : [불안하고 당혹한 표정으로 중얼중얼] 그게….

부인 : [궁금한 표정] 성재 선비는 왜 저러는 것입니까? 그건 그렇고… 정 부사는 잣과 꿀을 보내왔습니까? 조선 최고의 명품이라던데 빨리 맛을 보고 싶어요. [이제야 남편을 보고 놀라서 달려들며] 아니, 왜 이러고 계십니까?

성희안 : [웃지도 울지도 못하고, 일그러진 표정] ….

부인 : [걱정스레] 어디가 많이 불편하신가요? [부인이 성희안을 부축한다. 그렇게 해도 성희안이 멍하니 있자 부인이 그의 이마에 흐르는 땀을 닦는다. 정신을 차린 성희안, 손을 들어 좌우로 흔들면서]

성희안 : 아, 아니오.

부인 : 보내오지 않았다고요? 하기야… 시골 수령이다 보니 가을 추수철을 맞아 무척이나 공무가 바쁜가 봅니다.

성희안 : [억지로 미소를 띠며] 그게 아니라… [정붕의 서찰을 가리키며] 그, 그걸 보시구려.

부인 : [주워서 읽은 후] 이, 이런…. 이걸 어쩝니까? 그 양반이 어떤 사람인지 우리가 깜빡 잊었나 봅니다…. [정붕의 서찰을 들고 방 안을 오락가락한다.] 어쩌면 좋을까요?

성희안 : [쓴웃음을 지으며] 별 다른 도리가 있을 수 없지요. 미안하다고 해야지….

부인이 지필묵을 남편 안에 진설한다. 성희안이 부인의 도움을 받아 자세를 바로 세우고 앉은 다음, 답신을 쓴다. 글을 쓰는 동안 성희안의 음성이 들려온다.

성희안의 음성 : [침통하게] 운정 아우! 내가 잘못하였네. 조정에만 머물러 있다 보니 자네가 얼마나 올곧은 선비인지를 내가 잠시 잊었어…. 높은 벼슬에 심취하여 사느라 도학 공부를 태만히 한데다, 실천할 마음의 자세를 잊어버린 탓에 오늘과 같은 참담한 모습을 보이게 되었네. 제발 나를 용서하게나. 다시는 이런 일이 없을 걸세!

누군가가 누운 채로 성희안의 서찰을 읽은 뒤 방바닥에 내려놓는다. 정붕이다.

정붕 : [누운 채로, 혼잣말을 한다.] 아무리 친한 사이라 하지만 명색이 영의정인데 내가 너무했나 …? [고개를 가로로 저으며] 아니야. 신분 고하와 친소를 막론하고 엄중하게 바른 길을 걸어야 도道라고 할 수 있지 ….

정붕이 누워 있는 오른쪽에 그림 병풍 대신 커다란 〈안상도〉가 병풍 형태로 제작되어 놓여 있다.

정붕 : [자리에서 일어나며, 힘없는 목소리로] 관원들이 올 시각이 되었으니 대청에 나가 있어야지. 누워있는 모습을 자꾸 보이는 것은 좋지 않아. [방문을 열고 나와 대청 책상 앞에 앉는다. 한참 책상 위를 들여다 본 후] 도학을 사람의 현실 생활에 적용할 수 있는 길을 찾기 위해 이미 한 해 전에 〈안상도〉까지 완성해서 직접 실천해보고 있는 중인데, 태도가 조금이라도 흐트러지거나 마음이 약해져서는 안 돼 …. 날마다 아침저녁으로 〈안상도〉를 책상 위에 얹어놓고 다짐하고 또 다짐하지 않았던가 …. 도학의 가르침을 실생활에 빈틈없이 실천해야 한다고 ….

책상 위에 〈안상도〉가 얹혀 있다.
정붕이 〈안상도〉를 다시 유심히 바라보고 있는데 "어찌 대청에 앉아 계십니까? 방에 누워 계시지 않고요?" 하는 부인의 음성이 들린다.

'청렴 문관' 정붕鄭鵬과 '청렴 무관' 이순신李舜臣

정붕 : [웃으며] 허허, 부인. 수령이 날마다 누워 있으면 이곳 청송부의 공무는 누가 본단 말이오?

부인 : [정붕 곁으로 와서] 청송부 백성들이 "관리들 얼굴 볼 일이 없다"면서 좋아하고 있답니다. 영감께서는 청송부의 공무가 체계에 따라 청렴하고 신속정확하게 집행되도록 이미 만반의 조치를 다 취해 놓았지 않습니까? 이제 공무 걱정은 내려놓고 건강을 돌보는 데 전념해야 합니다.

정붕 : 허허, 누가 들으면 수령 부부의 자화자찬이 지나치다고 놀리겠구려.

부인 : [정붕을 부축하며] 방으로 들어가셔요.

정붕 : [부축을 받아 방으로 들어가면서] 이런 ….

부인 : [정붕을 눕히며] 이제 와서 생각해보면 숙부님께서 돌아가신 이래 조금씩 건강이 나빠졌다는 생각이 들어요. 본래는 장군 같은 체격에 강건하기만 했는데 그 뒤부터는 여러 질병들이 찾아오고 몸도 나날이 쇠약해졌지 않습니까?

정붕 : [어두운 표정으로] 그래요 …. 숙부께서는 나를 이끌어주신 스승이셨지요. 또 내가 중앙 관직을 하느라 한양살이를 할 때에는 아버지처럼 나를 보살펴 주셨지요.

부인 : [말없이 고개를 끄덕인다.] ….

정붕 : [잦아드는 목소리로] 그런데 연산군 폭정 무오년 사화 때 점필재(김종직) 문집을 간행한 죄를 추궁받아 파직 당하고 그로부터 두 해 만에 세상을 버리셨습니다.

부인 : [안타까운 표정] ….

정붕 : [중얼거리듯이] …그나마 다행은 사화 와중에 변을 당하신 것이 아니라 노환으로 세상을 버리신 것이지만 …, 그래도 숙부님의 파직과 별세가 내 마음과 육신에 준 충격은 이만저만이 아니었지요. 그토록 사직과 조정을 위해 충직하게 일만 하신 분인데 어찌 …. [흐느끼는 음성으로] 내가 건강을 되찾고, 학문에서도 일가를 이루는 모습을 미처 보여드리기도 전에 그만 ….

부인 : [역시 울먹이는 표정이 된다.] ….

정붕 : [눈물을 흘린다. 흐느끼면서] 한재가 그토록 처참하게 죽고, 숙부께서 두 해 만에 또 돌아가시고, 네 해 지나 스승님도 사약을 받으시고 …. 어찌 내가 건강을 유지할 수 있었겠소?

부인 : [정붕을 눕히면서] 공연한 이야기를 꺼냈습니다. 숙부님께서도 이런 모습을 좋아하실 리가 없습니다. 빨리 건강을 회복해서 숙부님 묘역을 잘 가꾸어드릴 생각을 하시는 것이 당신께 보답하는 공경스러운 마음일 것입니다.

정붕 : [고개를 끄덕이며] 그래요. 그렇고말고요. 빨리 건강을 회복해서 숙부님을 뵈러 가야지 ….

밖에서 "송당 선생께서 오셨습니다." 하는 목소리가 들려온다. 부인이 정붕을 일으켜 앉힌 다음 대청으로 나와 박영을 맞아 인사하고, 박영이 방 안으로 들어간다. 정붕의 낯빛이 조금 전과는 아주 판이하게 환해져 있다.

'청렴 문관' 정붕鄭鵬과 '청렴 무관' 이순신李舜臣

정붕 : [조금 전 부인과 대화할 때와 달리 밝은 목소리로] 송당이 오셨군! 반가우이.

박영 : [허리 굽혀 절하고] 일전에 뵙고 나서 하루라도 빨리 다시 찾아뵙는다는 것이 차일피일 미뤄졌습니다. 면목이 없습니다.

정붕 : [웃는 얼굴] 어허, 무슨 말씀이신가! 200리 먼 길인데 말처럼 쉬운 일이 아니지! 어서 앉으시게. 원로에 피로가 쌓였을 터인데….

박영 : [정붕을 마주보며 앉는다.] 병환을 앓고 계신다는 소문이 선산까지 들려와, 부랴부랴 달려 왔습니다. 아무래도 안색이 좋지 않아 보이십니다. 어떠하신지요?

정붕 : [담담한 미소를 머금으며] 날마다 몸살 기운이 있을 뿐이지 뭐 별일은 아니라네.

박영 : [걱정이 가득한 얼굴로] 오면서 백성들이 이구동성으로 하는 말을 들었습니다. 노나라 좌구명 선생은 "중구삭금衆口鑠金"이라 했습니다. 백성들의 여론은 쇠도 녹인다는 것이 하늘의 이치 아니겠습니까?

청송으로 오는 길에 박영이 백성들과 대화를 나눈 장면이 화면에 보이고, 백성들의 말소리가 들려온다. [백성 1] " 부사께서 병환이 깊다고 합니다. 백성들은 선량한 수령 만나 농사만 생각하며 맘 편하게 사는 것이 유일한 소원인데, 사또께서 누워 지내는 시간이 많다하니 큰 걱정입니다."

[백성 2] "이전에는 부패한 관원들이 불쑥불쑥 나타나서 손을 내미는 일이 다반사였는데, 신임 사또가 오신 후로는 관원들을 마주칠 일이 없어졌습니다. 이런 풍속이 우리 청송 땅에 계속 유지되려면 정 부사께서 건강하셔야 합니다."

백성들과 헤어진 박영이 혼잣말을 중얼거리며 다시 청송부를 향해 걷는 모습이 화면에 보이고, 그의 말이 관객들에게 들려온다. "중국 후한 때 유총劉寵이 회계 태수를 지내면서 선정을 베풀자 그곳 노인들이 '밤에 관리들이 재물을 갈취하러 돌아다녀 개 짖는 소리가 요란했는데 이제는 개 짖는 소리도 없고 관리들 얼굴도 볼 일이 없구나!' 하며 칭송했는데, 청송이 바로 그런 곳이 되었구나! 하지만 그것도 백성들 말마따나 신당 스승께서 건강하실 때 얘기지 … ."

박영 : [정붕을 보며] 조심, 또 조심하셔야 합니다. 백성들이 불안해하고 있습니다.
정붕 : [쓴웃음을 지으며] 며칠 전에 들은 충고를 또 듣네 그려.
박영 : 그 사이에 어떤 분이 다녀갔었습니까?
정붕 : 풍기 군수가 왔었다네.

정붕과 풍기군수 임제광이 작별하는 장면. 자막 [청송 찬경루, 풍기 군수 임제광].

'청렴 문관' 정붕鄭鵬과 '청렴 무관' 이순신李舜臣

정붕 : 먼 길을 오시어 이토록 걱정해주시니 고맙기 그지없소이다.

임제광 : 별말씀을 다 하십니다. 부사께서는 본관보다 등과도 여섯 해나 일찍 하셨지만, 그보다도 세상이 섬기는 큰 선비 아니십니까?

정붕 : 정말 별말씀이십니다.

임제광 : 평소 벗처럼 지내오기는 했지만 늘 마음으로 존경해 왔습니다. 특히 이번에는 정 부사와 동방급제한 관찰사(방태화 경상 감사)께서 병문안을 한번 가보라고 보내주신 친필 서한을 받고서야 발걸음을 했으니 본관의 정성이야 아주 미미한 것에 지나지 않습니다. 그런 뜻에서 풍기 관아로 모시어 좋은 음식이라도 한번 대접하고자 하니 받아 주십시오.

정붕 : 허허, 너무나 고마운 말씀을…. 반드시 기운을 내어 그렇게 하리다.

임제광 : 조심하시고 또 조심하십시오, 부사의 건강은 청송 백성들의 삶을 좌지우지하는 당면 사안입니다. 백성들이 오로지 누구를 의지하고서 살아가는지 잘 아시지 않습니까?

정붕 : 고언을 굳게 마음에 담겠소이다. 불원간 풍기에 발걸음 할 수 있도록 애를 써보겠습니다.

두 사람, 서로 허리를 굽히며 작별 인사를 한다. 임제광의 뒷모습을 바라보는 정붕. 이어서 박영을 바라보는 정붕.

정붕 : 송당의 말씀이 맞네. 내가 〈안상도〉를 완성하여 날마다 그것을 실천하기 위해 노력 중이면서 그 중 한 가지인 색용장色容壯을 지키지 못해서야 말이 안 되지, 암!

박영 : [반색을 하며] 〈안상도〉를 완성하셨습니까? 한 해 전에 벌써 대략을 만드셨고, 몸소 실행을 해보신다고 말씀하셨는데, 드디어! [책상 위를 가리키며] 아, 여기 있군요. [〈안상도〉 가운데 부분 오른쪽을 짚으며] 색용장은 선비가 올바르게 유지해야 할 아홉 가지 몸가짐 태도 구용九容 중 한 가지가 아닙니까? 《예기》에 이르기를 '얼굴은 씩씩하고 생기가 있어야 한다'고 했습니다.

정붕 : 허허 …. 그런데 내가 오늘날 병색이 뚜렷하니 언행일치를 실천하지 못하고 있는 형셀세 그려.

박영 : 그런즉 이제부터는 더욱 건강에 관심을 가지셔야 합니다. [다시 〈안상도〉를 들여다보며] 〈안상도〉에도 직접 말씀하셨습니다. "면면순순勉勉循循하면 자유소지自有所至라, 이치에 따라 노력하고 또 노력하면 저절로 이루는 바가 있다"는 뜻이 아닌지요?

정붕 : [고개를 끄덕인다.] 그렇네 ….

박영 : [앞으로 바짝 다가앉으면서] 〈안상도〉에 대해 가르침을 주십시오. 벌써 한 해 전부터 가르침을 청했었는데 아직 실행을 덜 해보셨다면서 미루셨습니다. 아무려면 제가 가장 먼저 배움을 얻어 실천해야 하지 않겠습니까? 그런즉 이제는 모든 것을 저에게 가르쳐 주십시오.

'청렴 문관' 정붕鄭鵬과 '청렴 무관' 이순신李舜臣

정붕 : 허허, 어찌 마다 하겠는가! [서책처럼 묶인 종이뭉치를 내밀며] 이게 도설圖說이라네.

박영 : [재빠르게 책을 당겨서 펼쳐든다] …!

정붕 : 모두 일백서른 자를 활용해서 그림처럼 구성된 〈안상도〉를 일반 백성들도 알아보기 쉽도록 풀이해 놓은 걸세. 그걸 읽으면 〈안상도〉의 모든 것을 알 수가 있지. 그런데 말일세…, 지금은 내가 너무나 피곤하니 자네가 공부를 하고 와서 다시 문답을 나누면 더 좋지 않겠는가?

박영 : [도설을 안으면서] 말씀대로 따르겠습니다.

정붕 : 아, 참! 언제였던가? 무과에 급제한 중앙의 장수가 벼슬을 버리고 고향으로 돌아와 선산 미봉사에 머물면서 학문에 열중하는데 너무나 성심을 다한다는 뜻밖의 소문을 듣고 내가 자네를 찾아갔던 일이 생각나네.

박영 : [겸손한 표정으로, 얼굴을 붉히며] 부풀려진 헛된 소문에 불과했었습니다. 지금 돌이켜보아도 얼굴이 붉어지는 옛일입니다.

정붕 : 그때 내가 자네를 처음 만나 "옛 사람들이 학문을 함에 차례가 있었으니, 그대도 먼저 《소학》을 보고 이어서 《대학》을 읽어 기본을 튼튼히 한 다음에 학문을 하면 틀림이 없을 것"이라고 말했었는데, 그로부터 한 해쯤 뒤에는 그대가 《대학》을 공부하고 있다고 해서 내가 고향의 푸른 냉산冷山을 가리키며 "산 너머의 모습은 어떠한가山外何如?" 하고 물었었지.

잣과 꿀, 그리고 오동나무

박영 : [더욱 얼굴을 붉히며] 제가 "잘 알지 못하겠습니다不能." 하니 스승께서는 "아직 공부가 덜 되었도다自實未透矣." 하셨습니다. 그 이후 몇 해 더 공부에 매진하여 오늘에 이르렀습니다.

정붕 : [잔잔한 미소를 머금으며] 그래, 지금은 어떠신가? 산 너머의 모습이 보이는가?

박영 : [편안한 표정으로] 산 너머의 모습이 곧 산 앞면의 모습이니 무엇이 다르겠습니까外面只是前面?

정붕 : [고개를 끄덕이며 밝은 표정으로] 오랫동안 독서에 매진한 성과가 뚜렷이 확인이 되네그려吾乃今日知子實讀書有得也. 내 마음이 이렇게 즐겁고 유쾌할 수가 없구먼. 자네는 이미 도설만 보아도 〈안상도〉를 사람들에게 말할 수 있는 경지를 넘어섰네. 한훤당 스승님의 학통을 이어받기에도 전혀 모자람이 없네.

박영 : [두 손을 모으며, 겸손한 말투로] 어찌 그런 과찬의 말씀을 하십니까? 저의 학문은 아직도 유생의 지경에 불과하다는 사실을 스스로 익히 알고 있습니다.

정붕 : [흐뭇한 미소를 머금은 채 박영을 바라본다] …!

〈안상도〉 병풍이 크게 펼쳐져 있는 공간에서 박영이 사람들에게 강독하는 광경.

화면이 〈안상도〉 전체로 가득 찼다가 '樂天'에 집중되면 박영의 음성이 들려온다.

'청렴 문관' 정붕鄭鵬과 '청렴 무관' 이순신李舜臣

"사람은 하늘의 이치를 깨달아 그를 즐거워하며 살 수 있어야 하느니라. 《주역》에도 가르침이 나오듯이 유학을 공부하는 사람이 도달할 수 있는 최고의 경지는 바로 하늘의 이치와 자기 자신이 하나가 된 낙천樂天이니라."

이어서 화면이 '正其衣冠尊其瞻視'에 집중되면 다시 박영의 음성이 들려온다.

"사람이 낙천樂天에 이르려면 언제나 의관을 늘 바르게 해야 하며, 진리의 세계에 항상 시선을 두고 살아야 하느니라."

화면이 '安命'에 집중되면 박영의 음성이 또 들려온다.

"사람은 하늘이 자신에게 부여한 분수와 능력을 알고 그 운명을 받아들여 평안하게 살 줄 알아야 하느니라. 《논어》도 하늘의 뜻을 깨닫지 못하면 군자가 될 수 없다고 하셨느니라."

이어서 화면이 '己所不欲勿施於人'에 집중되고 박영의 음성이 들려온다.

"사람이 안명安命을 실천하려면 자신이 바라지 않는 바를 다른 사람에게 요구하지 않아야 하느니라."

다시 〈안상도〉 병풍이 크게 펼쳐져 있는 공간에서 박영이 사람들에게 강독하는 광경이 계속되다가, 차차 어두워지면서 밤이 된다. 많은 뭇별들이 잔잔하게 빛나는 중에 점점 어두워지면서 유성 하나가 땅으로 떨어진다. 세상이 멈춰버린 듯 온 천지가 캄캄하고 한참 동안 적막이 흐른다.

잣과 꿀, 그리고 오동나무

자막 [청송 부청]. 사람들이 몰려든다. 관리, 포졸, 늙은 농부, 아낙, 아이들 등등 여러 신분의 백성들이 뒤섞여 눈물을 흘리고, 한탄을 늘어놓고 있다.

"부사께서 기어이 돌아가셨다네!"

"이 일을 어찌하나!"

"이제 우린 우째 살꼬?"

곡을 하는 소리와 함께 여러 말들이 뒤섞여 관아 앞이 극도로 혼란스럽다. 관아 정문에서 아전이 달려 나온다. 문 쪽으로 다가선 말에서 풍기 군수 임제광이 내린다.

아전 : [허리를 굽혔다가 펴며 마구 떠들어댄다.] 나리, 이 일을 어찌하면 좋습니까? [군중의 곡소리와 말이 계속 뒤섞여 들리고, 땅을 치며 우는 사람도 보인다.]

돌아가신 정 부사께서 평상시 워낙 청빈하게 지내시는 바람에 장례를 치를 비용도 없고, 자제들은 아직 어린아이들이고, [군중의 곡소리와 말이 계속 뒤섞여 들리고, 땅을 치며 우는 사람도 보인다.]

마님께서도 혼절하셨다가 사흘 만에 깨어나셔서 정신도 몸도 가누지 못하시고… [군중의 곡소리와 말이 계속 뒤섞여 들리고, 땅을 치며 우는 사람도 보인다.]

자칫하다가는 소인이 외람되이 부사 나으리 호상護喪 역을 맡게 될 판입니다. [군중의 곡소리와 말이 계속 뒤섞여 들리고, 땅을 치며 우는 사람도 보인다.]

'청렴 문관' 정붕鄭鵬과 '청렴 무관' 이순신李舜臣

마당에 멍석을 깔고, 음식 준비도 시키고, 기타 몇 가지는 임시방편으로 해결을 했지만 무슨 일부터 어떤 순서로 차근차근 처리를 해야 하는지 갈피도 잡을 수가 없습니다. [군중의 곡소리와 말이 계속 뒤섞여 들리고, 땅을 치며 우는 사람도 보인다.]
　앞이 캄캄하고 가슴이 벌렁벌렁거려서 죽을 것만 같습니다. 제가 죽으면 안 되는데…. [군중의 곡소리와 말이 계속 뒤섞여 들리고, 땅을 치며 우는 사람도 보인다.]
　임제광 : [아전을 어이없이 바라보다가] 무슨 말이 그렇게 요란한가? 그래서 내가 관찰사 영감의 명을 받아 부랴부랴 달려오지 않았나? 들어가자!

　임제광이 앞서고, 수행원과 아전이 뒤를 따라 문 안으로 들어간다. 마당에 멍석이 깔려 있고, 한쪽에서는 음식 차릴 장치들이 차려져 있고, 장의를 거들 관속들과 백성들이 분주히 오가고 있다. 그러나 일을 하는 사람들보다 땅바닥에 주저앉아서 울거나 서로 붙들고 어쩔 줄 몰라 하는 백성들이 훨씬 더 많은 광경이다.
　이때 대문 밖에서 한 선비가 넘어질 듯 뜰 안으로 달려온다. 박영이다. 오다가 사람들에 부딪혀 크게 나뒹군다. 지켜보던 아낙들이 "어쩌나, 저절 어째!" 하고 비명을 지른다. 반대 방향으로 가던 병졸 둘이 몸을 돌려 달려와 박영을 좌우에서 붙들어서 부축한다.

잣과 꿀, 그리고 오동나무

박영 : [꿇어앉은 채로 울부짖는다.] 스승님! 아니, 운정형! 아니, 사돈! 이 나라는 어쩌라고, 청송 백성들은 어떻게 살라고, 부인과 아들들은 또 어찌 하라고, 나는 어쩌며, 고아가 된 내 며느리는 또 어떻게 살라고 이리도 일찍 가셨습니까?

[통곡을 하다가] 어째서 스스로 작성하신 〈안상도〉의 실천 요목들을 아니 지키시는 겁니까? [목이 막혀 말을 잇지 못하는 표정]

[다시 울음섞인 목소리로] 기소불욕물시어인己所不欲勿施於人하라고 하셨지요? 자신이 바라지 않는 바를 다른 사람에게 하라고 해서는 안 된다고 하셨지 않습니까? 선정을 베푼 목민관이 먼저 세상을 뜨기를 바라는 백성은 세상에 없습니다. [흐느껴 우는 백성들]

지아비와 부모가 먼저 이승을 떠나는 것을 바라는 지어미와 자식은 없습니다. [흐느껴 우는 부인과 아들딸]

벗이 먼저 하늘로 돌아가기를 바라는 이는 없습니다. [흐느껴 우는 임제광과 선비들]

〈안상도〉에서 또 무엇이라 하셨습니까? 주험처자晝驗妻子라 하셨지요? 처와 자식을 어떻게 대하는가 보면 사람을 알 수 있다고 하셨습니다. 이렇게 혼자 가버리는 것이 군자란 말입니까? [흐느껴 우는 부인과 아들딸]

야복몽매夜卜夢昧라고도 하셨지요? 참된 사람은 꿈속에서도 옳지 않은 일은 하지 않는다고 하셨습니다.

'청렴 문관' 정붕鄭鵬과 '청렴 무관' 이순신李舜臣

지금 옳은 일을 하신 겁니까? 대답해 보십시오! 대답해 보세요! 왜 아무 말이 없으십니까? [대성통곡하는 박영. 함께 우는 백성들. 하늘로 올라가는 울음소리]

新堂신당 鄭先生정선생
神道碑신도비

제 8장
기묘사화를 예언하다

청송 관아의 풍경은 보이지 않고 빈 하늘에 구름만 흘러가다가, 아래로 도성이 나타나고, 귀양 가는 선비들을 가둔 함거들이 줄지어 유배지로 떠나는 중에, 청송 관아처럼 역시 사람들이 울부짖는 광경이 화면을 가득 메운다. 자막 [기묘사화 1519년(중종 14)].

유생 1 : [눈물을 흘리면서] 살기 힘든 백성들 생각하던 올곧은 선비들을 다 죽임을 당하는구나. 세상이 어찌 되려고 이러나….

유생 2 : [땅에 침을 뱉으며] 연산군 때와 무에가 다르누? 애꿎게 선비들 죽이고 권력 차지하려고 눈들이 시뻘겋고….

유생 3 : 어허, 이 사람아, 목이 두 갠가? 입조심하게. 정신당 선생 〈안상도〉에도 구용지口容止라 하지 않았나? 불필요한 말은 재앙의 근원이 되니 그치라는 가르침이지.

유생 2 : 이런? 〈안상도〉에는 언사충言思忠도 있네! 말을 충직하게 하라고 하셨네.

'청렴 문관' 정붕鄭鵬과 '청렴 무관' 이순신李舜臣

유생 1 : 성균관 유생들을 위시해 선비들이 1천 명이나 운집해 농성을 하면서 조정암(조광조) 선생 구명 운동을 했지만 그게 무슨 소용이 있었나? 1천 명이나 되는 유생들이 언사충을 실천했지만 홍경주와 같은 모리배들이 권력을 장악하고 있는 세상에서는 될 일이 없네.

유생 2 : 홍경주의 딸이 임금의 총애를 독차지하고 있는 희빈 아닌가? 게다가 홍경주는 연산군을 몰아낼 때 1등 공신이었어. 아무리 생각을 해봐도 도무지 하늘의 이치를 모르겠어! 벼락은 무엇 하러 치나? 홍경주 같은 놈이나 죽이지 않고!

유생 3 : 허허, 조급하게 생각하면 안 되네. 운정 정붕 선생께서는 낙천樂天과 안명安命을 말씀하셨네. 하늘의 이치를 깨달아 즐길 줄 알고, 주어진 운명을 편안하게 받아들이라는 가르침을 주셨어. 항상 정기의관존기첨시正其衣冠尊其瞻視하라고 말씀하셨지! 의관을 반듯하게 하고 높은 이상을 바라보면서 살아야 한다 …. 어려운 현실 앞에서 실망하고 좌절하지 마라 …. 경이직내敬以直內하고 의이방외義以方外하라! 지극히 밝은 정신敬으로 나의 마음內을 바르게直 하고, 올바른義 기준에 기대어 집밖外에서의 행동 또한 바르게方 하라!

유생 2 : [고개를 끄덕이며] 맞아! 내 마음이 간사한 나머지 성급히 성과를 얻으려는 게지! 욕심을 극복할 수 있는 인성忍性을 기르라고 운정 선생께서 가르침을 주셨는데 내가 조급하게 굴고 있네.

유생 1 : 맹자께서도 말씀하셨지. 하늘은 사람에게 큰일을 줄 때에 먼저 마음을 괴롭히고 몸을 힘들게 하고 굶주림으로 배가 고프게 하고 궁핍으로 생활을 힘들게 한다 …. 우리가 지금 그런 지경에 있는 게지 ….

유생 2 : 그렇네! 더욱 힘을 내세!

유생 3 : [손가락으로 입술을 가리며] 쉿! 성문 위에 홍경주 일당이 나타났네. 군중들 속에도 변장을 한 채 돌아다니는 끄나풀들이 있을 게야.

멀리 있던 성루 위가 가깝게 보이기 시작한다. 자막 [홍경주 등 갑자사화의 주역들]. 성루 아래에 홍경주, 심정, 남곤, 고형산, 박유청, 김전 등이 가로로 늘어서서 성문 아래 귀양 행렬을 바라보고 있다.

홍경주 : [비웃는 표정으로] 하룻강아지 범 무서운 줄 모르고 날뛰던 놈들을 모두 없애버리고 나니 속이 아주 시원하구만!

홍경주의 말을 받아 일행들이 번갈아 말을 주고받는다.

"김구, 박세희, 박훈, 홍언필, 이자, 유인숙 등 수십 명을 천 리 밖으로 귀양보냈지. 도성 안이 아주 깨끗해졌어, 허허허!"

'청렴 문관' 정붕鄭鵬과 '청렴 무관' 이순신李舜臣

"조광조, 김정, 이준, 한충, 김식은 유배지에서 사약을 받아먹고 죽었거나 그 전에 스스로 목숨을 끊었어. 앞으로는 덤빌 놈들이 없어! 이젠 완전히 우리 천할세!"

"영상, 좌상, 우상 등 누가 어느 자리에 앉을 건가 논의하세. 이까짓 함거 행렬은 본들 뭐하나?"

"그렇소! 이제 그만 보고 주연상이나 거나하게 차립시다!"

서로서로 마주 보며 박장대소를 터뜨린다.

홍경주 : [문득 생각난 듯] 정붕이란 자가 있지 않았소?

심정 : 성 영상(성희안)과 아주 절친하던 자인데 청송 부사를 하다가 10년 전에 임지에서 죽었지. 그 자가 죽었을 때 성 영상이 얼마나 눈물을 쏟던지 … 아직도 기억이 생생하구먼. 너무 상심한 탓인지는 몰라도 영상 당신도 그 이듬해에 세상을 떴지. … 그런데 그 자 이야기는 갑자기 어찌 꺼내시오?

홍경주 : [살벌한 눈빛으로] 내가 이번 사화를 일으킬 것이라고 그 자가 예언했다지 않소? 감히 …. 그 자가 만약 지금까지 살아 있었다면 …, 김종직, 김굉필의 학통을 잇는 인물이니 조광조와 더불어 혹독한 앙갚음을 해주었을 텐데, 아쉽군 …. 성 영상도 죽고 없으니 누가 감히 나를 말릴 수 있겠소!

김전 : [홍경주의 말이 별로 탐탁하지 않다는 표정으로]
음! 흠!

　　성루가 화면에서 멀어진다.
　　귀양 행렬도 멀어진다.
　　하늘이 청명하고 높다.

'청렴 문관' 정붕鄭鵬과 '청렴 무관' 이순신李舜臣

제 9장
안상도와 이순신

한양으로 사람을 보냈던 성박은 이순신의 벼락출세가 류성룡의 진언과 선조 임금의 윤허로 이루어졌다는 사실을 알게 되었다. 이제 자신의 힘으로는 이순신을 어떻게 할 수 없다는 판단을 하게 된 성박은 자신의 후임자 이용에게 미주알고주알 이순신을 나쁘게 말했다.

이용은 성박보다 훨씬 집요한 인물이었다. 그는 전주 이씨로, 왕실의 먼 피붙이였다. 평소 벼슬아치들의 굽실거림만 받으며 살아온 이용은 특별히 자기에게 해롭게 하는 바는 없어도 고분고분하지 않은 이순신이 공연히 미웠다. 적어도 이용이 듣기에는 이순신을 헐뜯는 성박의 고자질이 오롯이 사실 그 자체였다.

이용은 궁리 끝에 전라 좌수영 산하 다섯 곳 수군 주둔지를 순찰 후 조정에 제출할 보고서를 작성했다. 본래 좌수영에는 5관5포가 있었는데 5포만 대상에 넣었다.

잣과 꿀, 그리고 오동나무

오관五官은 일반 행정 기관으로 정3품 도호부사가 다스리는 순천부, 정4품 군수의 낙안군(순천시 낙안면)과 보성군, 정6품 현감의 광양현과 흥양현(고흥군), 그렇게 다섯 곳이었다. 이용은 오관을 순찰에서 제외했다.

오포五浦는 수군 주둔지로, 종3품 첨사가 있는 방답진(여수시 돌산읍 군내리)과 사도진(고흥군 점암면 금사리), 종4품 만호의 여도진(고흥군 점암면 여호리), 녹도진(고흥군 도양읍 녹동), 발포진(고흥군 도화면 내발리), 다섯 곳이었다. 이용은 이순신에게 피해를 주려는 것이 보고서 작성의 목적이었으므로 오관은 제외하고 오포만 대상으로 삼았던 것이다.

"무슨 까닭에 오관은 제외하고 오포만 점검을 하셨는지요?"

우후虞候 오탁환이 묻자, 이용의 뇌리에는 '눈치가 빠르면 절에 가서도 젓갈을 얻어먹는다는데, 이 자는 그 방면엔 영 젬병이군! 왜 배 놓아라 감 놓아라 난리야? 굿이나 보고 떡이나 먹을 일이지….' 하는 생각이 일어난다.

"이보오, 우후! 그게 무엇 때문에 궁금하오?"

이용의 목소리에는 짜증이 덕지덕지 붙어 있다. 그래도 상황 판단이 안 되는지 오탁환은 줄곧 진지하다.

"우후가 본시 수사 영감을 그물같이 보필해야 하는 종3품 아장亞將인즉슨 영감께서 뜻하시는 바를 맑은 물밑처럼 헤아리고 있어야 마땅하지 않겠습니까? 그래서 묻잡는 것입니다."

'청렴 문관' 정붕鄭鵬과 '청렴 무관' 이순신李舜臣

이용은 억장이 무너진다. 오탁환의 희멀건 낯빛을 망연히 바라보던 이용이 중얼거린다.

"그런 아장께서 상관의 의중을 읽는 데는 어째서 그토록 아장아장 느린 걸음이시오?"

"네에?"

'이순신만 잡으면 되는데 오관은 무엇 때문에 점검을 한단 말인가! 빈대를 잡으려고 초가삼간을 다 불태울 수는 없는 노릇이다. 도둑질도 손발이 맞아야 한다더니 이 자가 딱 그 지경일세 그려. 어쩌나! 혼자서 북 치고 장구 치고 할 도리밖에.'

낮말은 새가 듣고 밤말은 쥐가 듣는다고 했다. 수사의 보고서 초안에 담긴 내용이 이순신의 귀에 들어갔다.

'〈안상도〉에서는 분사난忿思難이라 했다. 분노를 참지 못해 뒷날의 어려움을 자초하지 말라는 뜻이다. 하지만 정붕 선생의 말씀은 지금같이 불합리한 피해를 당하면서도 그저 참기만 하라는 것은 아니다. 이럴 때 묵묵히 있으면 앞으로 더 큰 어려움을 겪게 된다. 게다가 그 피해는 나 한 사람으로 그치지도 않는다. 이 세상을 수렁으로 만들 엄청난 재난이 밀물처럼 발생할 것이다. 호미로 막을 것을 가래로 막아야 하는 어려움이 생긴다. 분사난은 그 어려움을 생각하라는 가르침이다!'

그렇게 판단한 이순신은 이튿날 공무 처리와 점심 식사를 마친 후 이용에게 달려갔다.

오후 꿀잠을 나릇하게 즐기고 있던 이용은 느닷없이 들이닥친 이순신을 보자 마치 살갗이 트는 듯한 기분이었다.

"발포 만호가 이 시간에 무슨 일이오? 장졸들은 해안 근무를 정해진 대로 서고 있소?"

'울고 싶은 차에 뺨을 때려주누나' 싶은 속마음을 다스려 기용숙氣容肅의 차분함을 유지한 채 이순신이 말을 꺼낸다.

"영감! 너무 지나친 처사가 아닌가 사료됩니다만…"

"이 만호가 요즘 잠을 설쳐 정신이 어지러운 모양이군. 그게 무슨 뚱딴지같은 소린가?"

이순신이 오탁환을 보며 낮은 목소리로 말을 건넨다.

"우후께서는 잠시 자리를 피해 주시지요."

오탁환이 이용의 얼굴빛을 힐끔 살피더니 사라진다.

두 사람만 남게 되자 이순신이 단도직입으로 본론을 꺼낸다.

"영감께서는 좌수영 예하의 오포 해안 진지를 순회하신 후 조정에 보낼 보고서에 발포진의 근무 상태가 가장 불량하다고 쓰셨다던데…."

이용이 말을 자른다.

"사실 그대로인데 그것도 문제인가?"

이순신이 품에서 문서 한 장을 꺼내어 이용 앞에 조용히 내려놓는다.

"영감께서 다니신 날짜의 오포 다섯 곳 모두의 근무 일지외다. 다시 한번 살펴보심이…."

"무엇이라?"

〈안상도〉는 사람이나 무엇을 대할 때 눈 모습을 단정히 하라고 가르쳤다. 그러나 목용단目容端을 체화하지 못한 이용은 이순신을 노려보며 반문한다. 이순신은 음성을 차분히 하라는 성용정聲容靜을 지켜 조용한 목소리로 말한다.

"발포진이 가장 결석자가 적으니 실제로는 근무 상태가 가장 양호한 것 아니겠습니까?"

이용이 당황한 표정으로 이순신을 바라본다. 그래도 이순신은 색사온色思溫, 즉 온화한 표정을 유지한 채 말을 계속 잇는다.

"영감께서 사실과 반대되는 보고서를 조정으로 보낸다면 이것으로 이의를 신청할 수밖에 없지 않겠습니까…?"

이용이 다급하게 말한다.

"어허, 이 사람 보게나. 나는 그런 보고서를 쓴 적이 없어. 누가 엉터리 소리를 이 만호에게 했는지 모르겠으나 사실 무근이오. 그렇게 발설한 자를 말해주면 내가 엄중 조치하겠소."

그렇게 해서 일단은 이용의 행악질을 막았지만 그가 진심으로 마음을 바꾼 것은 아니었다.

이용은 부임 즉시 이순신을 어떻게 해보려고 했던 시도가 실패로 끝나자 매년 6월과 12월에 실시되는 정기 근무 평가를 활용하여 재차 해를 끼치려 했다. 이용은 또 다시 이순신의 성적이 제일 하위라는 보고서를 만들었다.

그런데 수사가 작성한 정기 보고서는 감사의 검토를 거치도록 되어 있었다. 당시 전라 감사를 보좌하는 종5품 도사都事는 조헌(1544~1592)이었다. 임진왜란이 일어났을 때 호서湖西(충청) 의병장으로 활약하게 되는 조헌은 꼬장꼬장하기로 나라 안에서 첫 손가락에 꼽히는 선비였다. 이순신보다 한 살 많은 조헌이 붓을 내던지며 부르짖은 대갈일성으로 이용의 음해 공작은 막을 내렸다.

"이순신이 꼴찌라니 이게 말이나 되는 조치입니까?"

며칠 뒤 이순신은 조헌의 편지를 받았다. 조헌은 스물넷인 1567년에 등과한 후 이듬해인 1568년에 정주목 교수, 1570년에 파주목 교수, 1571년에 홍주목 교수를 지내고 1575년에 통진(경기도 김포시 통진읍) 현감이 되었다. 통진 현감으로 있을 때 그는 생애 첫 유배 생활을 겪게 된다.

왕실 소속 노비인 내노內奴가 통진에 왔다가 행패를 부린 일이 생겼다. 조헌이 그것을 두고만 볼 리 없었다. 곤장을 때렸다. 그런데 내노가 죽어버렸다. 조헌은 이 일로 파직이 되고 유배를 갔다가 1580년 4월 풀려났다.

조헌은 그 이후 정6품 공조 좌랑을 거쳐 1581년 봄에 종5품 전라도 도사로 승진했다. 전라도 감영에서 근무를 하게 된 조헌은 서익 불법 인사 사건과 성박 오동나무 사건의 주인공 이순신이 전라감영 산하 발포 만호로 근무 중이라는 사실을 알게 되었다. 그는 어느 날 홍주 향교에서 가르친 제자 김인보 편으로 이순신에게 서한을 보냈다.

'청렴 문관' 정붕鄭鵬과 '청렴 무관' 이순신李舜臣

김인보는 유배지로 조헌을 찾아뵙지 못한 것이야 법이 금지하고 있는 불가항력 상황이었다 하더라도 스승이 1578년 5월24일 부친상을 당했을 때에도 자신의 어머니가 병환 중이라 조문을 못했다. 그 일로 마음에 큰 덩어리를 안고 있던 김인보는 스승이 전주 감영으로 부임하자 부랴부랴 찾아뵈었다. 그때가 마침 좌수사 이용의 정기 보고서가 관찰사에게 올라온 시점이었다.

김인보의 손에 들려 전라 좌수영까지 달려온 조헌의 편지에는 '그대가 지난날 보여준 기개는 익히 들어 잘 알고 있소. 평소 그대를 우러르는 마음이 넘쳤는데 이곳 도사로 부임하였으니 불원간 만날 수 있겠구려. 앞으로 이 나라 조선을 떠받칠 큰 인재가 되리라 굳게 믿소이다.'라는 요지의 격려성 인사말이 담겨 있었다.

하지만 이순신은 그로부터 몇 달 지난 1582년 1월 발포만호에서 결국 쫓겨났다. 임금의 명을 받아 지방의 군사 관련 실태를 조사하는 군기경차관軍器敬差官(현 국방부 감찰단장)이 이순신의 무기 관리가 엉망이라고 보고한 때문이었다. 군기경차관의 보고를 받은 조정은 이순신을 파직했다. 군기경차관은 서익이었다. 서익, 낯익은 이름이다.

이때도 이순신의 언행은 남달랐다. 파직 전말을 전해들은 이조 판서 이율곡이 이순신에게 한 번 만나자고 했다. 그것도 류성룡을 통해서 전갈을 보내왔다. 그러나 이순신은 류성룡에게 이율곡을 만나지 않겠다고 대답했다.

"나는 율곡과 19촌 숙질 사이인즉 만난들 어색할 것도 없지만 그가 이조 판서로 있는 동안에는 아니 만나는 것이 옳다고 생각하오. 견득사의見得思義라고 하지 않았습니까?"

넉 달 뒤 백수 생활 중인 이순신에게 새 관직이 주어졌다. 직책은 훈련원 봉사. 이 역시 낯익은 이름이다. 약 2년 전에도 이순신은 훈련원 봉사였다. 이순신은 종8품 훈련원 봉사 근무 몇 달 만에 해미 읍성의 종8품 군관으로 밀려났다가 열 달 뒤 일약 종4품 발포 만호가 되었는데, 그로부터 22개월 뒤 다시 훈련원 봉사로 내려앉았던 것이다. 뒷날 '성웅' 칭호를 받을 만큼 천하의 충무공이 되는 이순신이지만 그도 사람이다. 뒷골이 지끈지끈 쑤시고 눈앞이 침침했다.

'이걸 어쩌면 좋단 말인가….'

그렇게 탄식은 했지만 그의 품성은 변할 줄을 몰랐다. 하루는 류전(1531~1589)이 불렀다. 류전은 이순신(1545~1598)보다 14세 연상에 등과도 22년이나 앞서는 대선배였다. 그는 이순신이 종8품 훈련원 봉사로 복직하기 직전인 1581년에 정2품 병조 판서, 이듬해인 1583년에 종1품 판부사 자리에 있었던 엄청난 고위 관리였다.

그런 거물이 이순신을 부를 까닭이 없다. 이순신도 그가 왜 자신을 찾는지 의아했다. 의문이 있을 때는 물을 생각을 하라, 즉 의사문疑思問이라 했지만 마땅히 물어볼 만한 사람도 없고, 그렇다고 부름에 응하지 않을 수도 없는 노릇이라 속만 태우다가 하릴없이 류전을 찾아뵈었다.

'청렴 문관' 정붕鄭鵬과 '청렴 무관' 이순신李舜臣

"자네가 이순신인가?"

이순신이 나타나자 류전은 그렇게 물었다. 류전이 '자네가 이순신인가?' 하고 물은 것은 본래 이순신의 이름을 알고 있다는 뜻이다. 그래도 이순신은 그가 무엇 때문에 자신을 보자고 했는지 그것이 너무나 궁금했다.

서익과 관련해서?

아니면 이용과?

그것도 아니면 류성룡?

발포 만호에서 파직된 일로?

영의정까지 지낸 후 1589년 59세에 세상을 뜬 류전은 임진왜란을 직접 겪지는 않았다. 그는 동인과 서인 어느 편에도 가담하지 않은 부드러운 성품의 소유자였다. 류전이 색사온의 인자한 표정으로 대하자 이순신도 조금은 마음이 놓였다.

"소인을 무슨 연유로 찾으셨는지요?"

류전이 너털웃음을 터뜨렸다.

"우선, 거기 앉으시게."

조금 쭈뼛거리면서 이순신이 착석했다. 이순신이 손을 공손히 놓은 수용공手容恭의 모습으로 정좌를 하자 류전이 아주 다정한 음성으로 물어왔다.

"자네에게 아주 좋은 화살통이 있다던데?"

"……!"

뜻밖의 질문에 이순신은 조금 당황했다.

류전의 질문은 묻는 까닭을 헤아리기가 쉽지 않은, 약간 당혹스러운 성질의 것이었다. 이럴 때는 사실대로 답을 하는 도리밖에 없다. 언사충言思忠, 즉 말을 충직하게 하는 것이 왕도이다.

"별로 대단한 물건도 못 됩니다. 그저 헛되이 소문만 무성할 따름입니다."

잠시 머뭇거리는 듯하던 류전이 이윽고 얼굴에 미소를 머금으면서 은근하게 말을 건넸다.

"그걸 내게 줄 수 없겠나?"

이순신이 바로, 그래도 최대한 태도를 공손히 한 모사공貌思恭의 자세를 유지하면서 대답했다.

"화살통을 대감께 드리는 것은 그리 어렵지 않습니다만, 사람들이 뭐라고 할까 걱정스럽습니다. 받은 대감께서도, 드린 소인도 대단한 구설수에 오를 게 자명한 까닭입니다. 화살통 하나 때문에 지체 높으신 대감과 보잘 것 없는 소인이 동시에 오명으로 회자된다면 그 송구스러움을 소인이 어찌 다 감당할 수 있겠습니까?"

류전은 좀스러운 사람이 아니었다. 얼굴에 떠오른 홍조를 감추지 못하는 채로 류전이 이순신의 손을 따스하게 잡았다.

"과연 이순신이로다!"

그에 그치지 않고 류전은 주위 고관들에게 화살통 일을 스스로 퍼뜨렸다. 류전은 일을 할 때 진심을 다하라는 사사경사思敬의 가르침을 실천한 것이었다.

'청렴 문관' 정붕鄭鵬과 '청렴 무관' 이순신李舜臣

이순신은 세속적으로 볼 때 출세하기 어려운 성품의 소유자인 것은 틀림없는 사실이었지만, 서익 사건 때 남몰래 편을 들어준 관리들과 류전을 비롯한 우호적 인사들 덕분에 그에게도 좋아하고 아껴주는 울타리가 약간은 존재했다. 류성룡은 그 중에서도 대표적인 사람이었다.

1597년 1월27일 류성룡은 선조에게 '이순신은 성품이 굽히기를 좋아하지 않아 제법 취할 만하기 때문에 그가 정읍 현감으로 있을 때 소신이 전라 좌수사로 전하께 천거를 하였습니다.' 하고 말했다.

하지만 원균에서 유극량을 거쳐 이순신이 새로 전라 좌수사에 임명되었을 때에도 조정 고위 관료들의 반대는 여전했다. 선조가 2월13일 '진도 군수 이순신을 전라 좌수사에 제수하라.' 하고 결정을 내리자 사간원은 '정읍 현감 이순신은 진도 군수로 발령을 받은 후 아직 군수에도 부임하지 않았는데 좌수사에 임명할 수는 없습니다. 아무리 인재가 모자라는 상황이라 해도 이렇게 지나친 승차는 있을 수 없습니다. 이순신에게 다른 벼슬을 주소서.' 하고 반대한다.

"그 승차가 과하다는 것은 나도 안다 李舜臣事然矣予亦知之."

선조의 답변에 신하들이 놀란 얼굴로 임금을 바라본다.

"지금은 일반적인 인사 규칙에 묶일 형편이 아니다. 인재가 모자라니 파격적인 승진도 해야 한다. 그 사람이면 충분히 좌수사의 임무를 감당할 것이다. 벼슬의 높고 낮음을 따질 일이 아니다."

잣과 꿀, 그리고 오동나무

그러나 이때 선조는 이순신이 누구인지 잘 알지 못했다. 그저 서익 사건 관련자 정도로 각인되어 있었을 뿐이다. 심지어 선조는 이순신이 한산 대첩 등 임진왜란 초기의 일방적으로 몰리던 전세를 뒤집는 큰 전공을 연일 세운 1592년을 지나 삼도수군통제사로 재직 중이던 1597년 1월27일까지도 류성룡에게 "나는 이순신의 사람됨을 자세히 모른다."면서 "그는 경성 사람인가? 글을 잘하는 사람인가?" 등 기초적인 것들을 물을 정도였다. 이때 유성룡은 "신의 집이 이순신과 같은 동네에 있었기 때문에 그의 사람됨을 깊이 알고 있습니다."라고 대답한다.

그에 견줘 선조는 류성룡에 대해서는 모든 것을 다 알았고, 전적으로 인정했다. 이미 10여 년 전인 1585년 5월28일 선조는 많은 사람들 앞에서 "류성룡은 군자다. 나는 그를 오늘날의 큰 현인이라 믿는다."라고 공언했다.

이어 선조는 "그와 함께 대화를 나누다 보면 깨닫지 못하는 사이에 마음으로 감동할 때가 많다."면서 류성룡을 칭찬했다. 그만큼 선조는 류성룡을 존경하고 믿었다. 그 결과 선조는 류성룡이 천거한 이순신에 대해, 잘 알지 못하면서도 막연한 신뢰를 가졌다.

류성룡이 일개 현감 이순신을 전라 좌수사로 추천하고, 선조가 고위 관료들의 반대에도 불구하고 그 자리에 앉힌 것은 임진왜란 당시 조선의 천운이었다. 그것도 전쟁 1년 2개월 전에 수사가 됨으로써 더욱 그러했다.

'청렴 문관' 정붕鄭鵬과 '청렴 무관' 이순신李舜臣

시간에 여유가 있었으므로 이순신은 수군에 대해, 수군의 주력 전함인 판옥선에 대해, 천자총통 등 화포에 대해 충분히 파악할 수 있었다. 새로 거북선을 만들 시간도 있었고, 바다 싸움에서 이길 수 있는 전술을 연구할 겨를도 있었다. 뿐만 아니라 전라도 일대 바다의 특성과 해안의 지형도 숙지할 수 있었다.

이익(1681~1763)은 《서 징비록 후》에 "사람들은 임진전란 때 류성룡 선생이 온 힘을 다해 애쓴 공로가 있다고 말한다. 그러나 나는 류 선생의 경우 그것은 사소한 공로이고 그보다 훨씬 큰 공은 충무공 이순신을 등용시켜 나라의 위기를 구한 일이라고 생각한다."라고 썼다.

이어서 이익은 "그때 나라가 망하지 않은 것은 오직 충무공 한 사람이 있은 덕분이다. 처음 충무공은 일개 부장에 지나지 않았다. 류 선생이 아니었으면 그저 군졸 속에서 목숨을 버렸을 것이다."라고 강조했다.

그렇게 우여곡절을 거쳐 이순신이 전라 좌수사가 된 지 대략 한 해가 지난 1592년 정월 초하루, 오늘.

새벽, 밖이 소란하다.

문득 잠에서 깬 이순신이 "누가 왔느냐?"라고 묻는다. 누가 왔는지 진작 헤아리고 있으면서도 이순신은 짐짓 그렇게 확인한다.

"접니다, 형님! 봉이와 회도 함께 왔습니다."

동생 이우신의 목소리다. 봉은 작고한 둘째형님 이요신의 아들이고, 회는 이순신의 장남이다. 이들은 충청도 아산에서 이곳 여수까지 약 740리(295km) 먼 길을 이레 밤낮 걸어서 왔다.

이순신이 벌떡 자리를 박차고 일어나 큰소리로 아우의 이름을 부르며 방문 밖으로 뛰어나간다.

갑자기 해가 솟아오른 듯, 지치고 굶주린 얼굴들이건만 모두들 환하게 밝다.

'청렴 문관' 정붕鄭鵬과 '청렴 무관' 이순신 李舜臣

제 10장
이황과 정조대왕

이황이 강당 마루 책상 앞에 정좌해 있다. 자막 [도산서당 이황]. 강학 중이다.

제자들이 이황을 마주보는 채로 가로로 줄지어 앉아서 서책을 보고 있다.

이황 : 선산은 앞에는 길재 선생의 풍절風節이 있고 뒤에는 신당 정붕 선생의 도의道義가 있는 고을이다.3) 운정 정 선생께서 이룬 학문의 정교하고 치밀함은 〈안상도〉에 잘 나타나 있으니,4) 여러분들은 모두 정 선생의 〈안상도〉를 깊이 살펴서 공부하도록 하라.

제자들 : [일제히] 명심하겠습니다.

---

3) 정조 대에 영의정을 지낸 채재공의 묘갈명에 나오는 표현 : 善之一州 前有吉冶隱之風節 後有鄭新堂之道義

4) 《조선왕조실록》 1798년(정조 22) 10월 5일 중 다음 표현: 作爲案上圖 以寓盤盂之戒 先正臣李滉 稱其造詣之精(각주5 참조)

자막 [정조 22년(1798)]. 정조가 정면을 바라보며 앉아 있고, 백관들이 줄을 지어 도열해 있는 가운데 한 대신이 아뢴다. 예조 판서 이익운이다.

예조 판서 이익운 : 정붕鄭鵬은 문경공文敬公 김굉필金宏弼의 문하에서 수업을 받고 학통을 이어받았는데, 정밀하게 사색하고 힘써 실천했습니다. 사람이 도학의 이치에 맞게 살아가는 데에 요구되는 생각과 행동의 규범을 글로 적고, 그 글을 다시 그림으로 나타낸 〈안상도〉를 완성해서 자신과 후학들에게 지침으로 제시했습니다. 그의 학문에 조예가 정밀한 것은 이황이 칭찬한 바 있습니다. [정조, 고개를 끄덕이며, 감동한 표정]

문목공文穆公 신 박영朴英이 무인武人 출신으로서 관직을 버리고 강학講學하자 정붕이 장려하고 타이르며 계발시켜 주기도 하였습니다. [정조, 고개를 끄덕이며, 감동한 표정]

정붕은 기묘사화 때 해를 당한 이름난 선비들과 '살아서는 뜻을 같이 하고 죽어서는 같은 전에 실린다'는 옛말처럼 마음과 덕을 기묘명현己卯名賢들과 같이했지만 앞날의 일을 예견하고 초연히 멀리 떠난 결과 죽임을 당하고 가문이 멸망하는 참사를 면할 수 있었습니다. [정조, 고개를 끄덕이며, 감동한 표정]

정붕에게 시호諡號가 내려지지 않은 것을 세상 사람들은 조정의 잘못으로 여길 것입니다. [정조, 고개를 끄덕인다.]

'청렴 문관' 정붕鄭鵬과 '청렴 무관' 이순신李舜臣

정조 : [감동한 표정으로] 예조에서 논의하여 그렇게 되도록 조치하라.5)

백관들 : 성은이 망극하나이다, 전하!

---

5) 길재의 시호를 바꾸고, 정붕·김육·안준의 시호를 정하게 하다 - 《조선왕조실록》 정조 22년(1798) 10월 5일 3번째 기사
"고故 교리 정붕鄭鵬은 문경공文敬公 김굉필金宏弼의 문하에서 수업을 받고 적전嫡傳이 되었는데 정밀하게 사색하며 힘써 실천하였습니다. 일찍이 구용九容·구사九思의 조목에다 《단서丹書》에서 말한 경태敬怠의 분류를 부가해 책상 위에 〈안상도〉를 그려서 붙여놓고 반우盤盂에서 경계한 뜻을 되새겼는데 선정신 이황이 그의 조예가 정밀한 것을 칭찬하였습니다. 또 문목공文穆公 박영朴英이 무인武人 출신으로서 관직을 버리고 강학講學하자 정붕이 장려하고 타이르며 계발시켜 주기도 하였습니다.
문정공文貞公 김육金堉이 지은 《기묘록己卯錄》에도 정붕의 사적事蹟이 실려 있습니다. 대체로 정붕은 기묘 명현己卯名賢과 마음과 덕을 같이하였는데, 그만은 유독 물여우가 독기를 쏘아대며 몰래 엿보던 때에 장래의 일을 예견하고 초연히 멀리 떠난 결과 제거 대상에 들어가지 않았기 때문에 금고禁錮되고 적몰籍沒되는 화를 면할 수 있었던 것입니다. 그러나 그 마음과 도는 기묘 명현과 같았으니 그야말로 '살아서는 뜻을 같이 하고 죽어서는 같은 전에 실린다'고 한 것과 같다 하겠습니다. 따라서 날조된 모함에 걸려들었던 선류善類들 거의 모두가 조가朝家로부터 포숭褒崇되는 의전儀典을 받은 데 반해 정붕만 유독 빠졌던 것은 단지 그가 기묘년의 화적禍籍에 실려 있지 않았기 때문일 뿐입니다. 그리고 선산의 금오서원은 바로 정붕을 연향聯享하는 곳이기도 한데 1묘廟의 5인 가운데 정붕만 시호가 없는 것도 조정의 흠전欠典이 될 듯하기에 감히 진달드립니다. 해조로 하여금 품처하게 하소서." 하니, (임금이) 따랐다.

어전회의 광경이 멀어지면서 궁궐 전체, 도성 전체로 화면이 점점 넓어진다.

이윽고 땅의 풍경이 하단에 얇게 깔리고 푸른 하늘이 화면의 대부분을 차지하면, 〈안상도〉 그림이 하늘에 천천히 부각된다.

다시 붓을 들고 글씨를 쓰고 있는 선비가 하늘 대신 화면을 장식한다.

이어서 이순신이 판옥선을 타고 등장한다. 그 뒤로 거북선이 뒤따르고 있다. 이윽고 이순신이 배에서 내려 정붕에게 걸어간다. 정붕이 환하게 웃으면서 이순신을 맞이한다. 이순신이 정붕에게 허리를 굽혀 절을 하고, 정붕이 이순신의 손을 잡고 정겹게 바라본다.

마지막으로, 정붕과 이순신이 정면을 바라보며 밝게 웃는다.

자막 [정붕과 이순신].

'청렴 문관' 정붕鄭鵬과 '청렴 무관' 이순신李舜臣

[부록 1] 정붕《안상도》해설

우리나라에서 가장 유명한 벌은 1509년(중종 4) 경북 청송에 살았던 꿀벌들이다. 그러나 이 벌들은 '의로운 개義狗'나 '의로운 소義牛'처럼 주인의 생명을 살리고 대신 죽은 '충신'들은 아니다. 벌들은 아무 한 일도 없으면서 고등학교 교과서에 실렸고, 경상북도 도청 등 여러 공공기관의 누리집과 청사 건물에도 올라 계속 이름을 날리고 있다.

모두가 당시의 청송 부사 정붕鄭鵬 덕분이다.

정붕은 '일인지하 만인지상'의 막강한 권력을 가진, 그것도 자신을 청송 부사 자리에 앉힌 영의정 성희안이 "청송은 잣과 꿀의 명산지 아닌가! 나한테 좀 보내주게."라는 전갈을 보내오자 "잣은 높은 산꼭대기에 있고柏在高岑頂上 꿀은 민간의 벌통 속에 있는데蜜在民間蜂筒中 태수가 무슨 재주로 그것을 얻을 수 있겠소爲太守者何由得之?" 하고 답장을 보낸 인물이다.

성희안이 곧바로 미안하다고 사과했다. 이 일화가 공사를 엄격히 구분하는 올바른 관료의 자세, 부정부패를 철저히 거부하는 청렴한 공직자의 모범으로 우리 국민들에게 회자되고 있다.

그런데 정붕의 일화는 단순히 그의 일회성 언행에서 비롯된 것이 아니다. 이긍익의 《연려실기술》에 따르면 신당 정붕은 퇴계 이황이 "〈안상도〉를 보면 정붕의 학문이 정치함을 알 수 있다."라고 격찬한 학자이다. 이 내용은 《조선왕조실록》에도 실려 있다. 그냥 전해지는 이야기가 아니라 엄중한 실화인 것이다. 아래는 실록의 정조 22년(1798) 10월 5일 기록 중 일부이다.

"정붕은 문경공文敬公 김굉필金宏弼의 문하에서 배워 정통을 이어받았는데 정밀하게 사색하며 힘써 실천하였습니다. 일찍이 구용九容·구사九思의 조목에다 (태공망太公望이 무왕武王에게 전해 준 《단서丹書》에서 말한) 경태敬怠의 분류를 보태어 책상 위에 〈안상도案上圖〉를 그려서 붙여놓고 되새겼는데 이황이 그의 조예가 정밀한 것을 칭찬하였습니다."

'책상床 위上에 그려서圖 붙여놓고'라는 표현은 정붕이 〈안상도案上圖〉를 실생활에 실천했다는 사실을 말해준다. 그러나 '구용, 구사, 경태' 등은 쉬운 용어들이 아니다. 〈신당 정붕 선생의 안상도와 도학(이완재)〉, 〈한훤당이 정신당에게 전수한 도통(홍우흠)〉, 〈신당 정붕의 생애와 정치·사상적 역할(차장섭)〉, 〈신당 정붕의 삶과 그의 시에 나타난 자아의식(이구의)〉, 〈신당 정붕 도학의 형성과 전개(권상우)〉 등의 논문들을 통해 〈안상도〉의 내용을 좀 더 알아본다.

〈안상도〉는 대대적待對的으로 구성되어 있다. 이는 모든 사물이 혼자 고립되어 있지 않고 짝을 이루어 존재한다는 동양적 사물관을 반영한 구도이다. 동양의 짝은 대립이 아니라 상호보완의 뗄 수 없는 관계를 형성한다. 태극 그림이 ●꼴이 아니라 ☯꼴인 것 자체가 음양대대陰陽待對의 상징이다. 붉은빛 양과 푸른빛 음이 서로 상대 안에 깊숙이 들어가 있음으로써 불가분의 관계를 형성하고 있다.

〈안상도〉의 그러한 구도는 사물의 동양적 존재양식인 체용體用의 원리를 나타내기도 한다. 체는 본체本體를 뜻하고 용은 작용作用을 뜻한다. 선비가 학문을 하는 궁극적인 목표本體는 낙천樂天 즉 하늘의 이치를 깨달아 그 경지에서 즐기는 것인데, 그 경계에 이르면 스스로의 분수와 한계를 알았으므로安命 마음이 평안해지는 작용作用이 일어난다. 체가 용을 낳은 것이다.

때로는 용이 체를 낳는 순환이 일어나기도 한다. 자신의 운명을 알아 마음이 평안해진安命 사람은 천인합일天人合一에 도달해 절대자와 더불어 즐기게 된다樂天.[1] 따라서 낙천과 안명은 내대 관계를 이루어 〈안상도〉의 기본 이념이 된다. 이념은 관념이므로 실천방안이 필요하다. 낙천의 실천방안은 '正其衣冠尊其瞻視정기의관존기첨시'이고, 안명의 실천방안은 '己所不欲勿施於人기소불욕물시어인'이다.

---

1) 이는 종교의 세계에서도 마찬가지이다. 니체의 Amor fati가 연상되는 대목이다.

正其衣冠尊其瞻視는 '의관을 바르게 하고 시선을 높이 두라'는 뜻이고, 己所不欲勿施於人은 '자기가 바라지 않는 바를 남에게 행하지 말라'는 뜻이다. 이념이 대대 관계이므로 실천방안 역시 대대 관계이다. 그런 까닭에 '樂天 正其衣冠 尊其瞻視'와 '安命 己所不欲勿施於人'이 〈안상도〉 그림의 가장 오른쪽과 가장 왼쪽에 대대적으로 배치되어 있다.

내용이 형식을 결정하고 형식이 내용을 결정한다고 했다. 正其衣冠은 그런 의미를 담고 있다. 尊其瞻視는 무엇인가? '저 높은 곳을 향하여 날마다 나아갑니다♬'로 시작되는 기독교 찬송가가 생각나는 표현이다. 이를 클라크Clark는 " 소년이여, 야망을 가져라!"고 했다. 우리는 흔히 "Boys, be ambitious!"만 기억하고, 그것을 '출세하라'식의 세속적 격언으로 받아들이지만 전문을 읽어보면 전혀 그런 수준이 아니다.

"Boys, be ambitious(소년이여, 야망을 가져라)! Be ambitious not for money or for selfish aggrandizement(돈과 이기적 성취를 위해서가 아니라), not for that evanescent thing which men call fame(헛된 명성을 위해서도 아니라) Be ambitious for the attainment of all that a man ought to be(인간이 갖추어야 할 모든 것을 위하여)!"

정붕 〈안상도〉 해설

여기서 '인간이 갖추어야 할 모든 것'은 유학의 선비들이 추구하는 전인全人의 경지를 가리킨다. 클라크의 명언을 실천하는 사람은 이성적 동물, 사회적 동물, 정치적 동물, 도구적 동물, 문화적 동물, 유희적 동물, 종교적 동물, 윤리적 동물 등 인간의 특성을 나타내는 여러 명제들을 두루 실천하며 살아가는 최선의 사람, 즉 천인합일의 세계를 즐기고 있는 전인을 뜻한다.

'자기가 바라지 않는 바를 남에게 행하지 말라'는 己所不欲勿施於人은 러셀의 《교육론》에도 나오는 가르침이다. 공자는 《논어》에서 '평생에 걸쳐 실천해야 할 한 글자'를 묻는 제자 자공에게 '恕서'를 들었다. 恕는 용서하라는 말이 아니라 사람의 마음心은 같다如는 뜻이다. 다른 사람의 마음을 자기 마음처럼 헤아리라는 가르침이다. 《대학》에는 이를 혈구지도絜矩之道라 하여 평천하平天下를 이룰 수 있는 원리라 하였다. 자기 자신의 마음을 자矩 즉 기준으로 하여 다른 사람들의 마음을 재는絜 것이 평천하의 원리道라는 뜻이다.

〈안상도〉에서 '樂天 正其衣冠尊其瞻視 安命 己所不欲勿施於人'에 이어지는 대대는 '存존'과 '省성'이다. 存은 '存心養性존심양성', 省은 '反省觀察반성관찰'의 준말이다. 존심은 욕심에 따라 마구 흔들리는 마음心을 주체적으로 내 안에 잘 붙들라存는 뜻이다.

존심을 한 이후라야 양성이 가능한데, 양성은 인의예지仁義禮智의 본성性을 길러야養 한다는 뜻이다. 반성관찰은 존심양성이 쉽지 않으니 늘 돌이켜보고 반성하라는 뜻이다. 존양存養과 성찰省察은 선비의 수양 방법을 관념적으로 표현한 용어이다. 2)

〈안상도〉는 실생활에서 도道를 실천하기 위해 작성된 지침서이다. 성리학의 논리를 가르치기 위해 이황이 만든 《성학십도聖學十圖》나 권근의 《입학도설入學圖說》과 달리 교재 성격이 아니다. 따라서 관념이 아니라 구체적인 수양 방법을 언급한다.

도란 무엇인가? 도학道學이라는 말은 언제부터 쓰였는가? 《송사宋史》에 따르면 천자가 도로써 천하를 다스린 중국 고대 하, 은, 주나라 시대에는 도학이라는 용어가 없었다. 모두가 도에 따라 살아가는 성시盛時였으므로 굳이 도학이 필요하지 않았기 때문이다. 그런데 춘추전국 시대 이래 천하가 어지러워지면서 공자가 도를 밝히게 되었다.

도는 우주와 인생의 원리理를 탐구하고 실천하는 것이다. 이를 《중용》은 '하늘이 명한 것天命을 성性, 성을 따르는 것을 도道, 도를 닦는 것을 교敎라 한다'고 했다.

---

2) 하이데거는 거대한 힘에 조종되어 주체성을 잃은 채 객체로 살아가는 현대인을 Heimatlosigkeit 즉 '고향을 잃어버린 사람들'로 규정했다.

즉 도는 하늘이 정한 순리理를 따르는 것이다. 정붕은 敬以直內경이직내와 義以方外의이방외를 존양과 성찰을 수양할 수 있는 구체적 방법으로 대대했다. 경이직내敬以直內는 지극히 맑은 정신敬으로 나의 마음內을 바르게直 하라는 뜻이고, 의이방외義以方外는 올바른義 기준에 기대어 집밖外에서의 행동을 반듯하게方 하라는 가르침이다.

정붕은 경이직내와 의이방외를 실천하기 위한 방안으로 《예기》의 儼若思엄약사와 無不敬무불경을 대대로 들었다. 엄약사儼若思는 지극히 맑은 정신으로 나의 마음을 다스리려면 모든 일을 하늘 또는 진리를 대하듯이若 엄儼하게 생각思하라는 뜻이고, 무불경無不敬은 만사를 흐트러짐 없이無不 공경敬하는 자세로 신중히 대하라는 뜻이다.

그렇게 하기 위해서는 욕망과 집착을 뛰어넘은 명경지수明鏡止水와 같은 성인의 마음을 정신수련의 지표로 삼아야 한다. 맑은 거울과 같은 마음을 지니려면 '潛心以居對越上帝잠심이거대월상제' 즉 하늘을 우러러 받들 듯이 정신을 가다듬어야 하고, '出門如賓承事如祭출문여빈승사여제' 즉 집을 나서면 손님을 대하고 제사를 지내듯이 매사에 조심해야 한다. 이는 《주자》의 〈경제잠敬齊箴〉에 나오는 가르침이다.

마음을 다스리는 잠심이거대월상제는 야복몽매夜卜夢昧로 표현된다. 야복몽매는 잠자는 밤夜의 꿈夢에서도 어리석은昧

행위를 하지 않아야 한다는 뜻이다. 이는 흔히 '성인은 밤에 꿈을 꾸지 않는다'는 말로 세속에 통용되는데, 본래 양시楊時(1053-1135)의 《귀산문집龜山文集》에서 유래된 말이다. 그런가 하면, 행동을 다스리는 출문여빈승사여제는 주험처자晝驗妻子로 표현된다. 주험처자는 일상晝에 아내妻와 자식子을 대하는 驗 자세를 보면 그 사람됨을 알 수 있다는 뜻이다.

이때 心勿忘심물망과 勿助長물조장을 명심해야 한다. 심물망心勿忘은 하늘의 이치를 알기 위해 공부해온 본래의 마음心을 잊지忘 말라勿, 즉 어떤 현실적 결과를 기대하고 진리를 탐구해서는 안 된다는 뜻이다.

물조장勿助長은 성과를 얻기 위해 억지로 힘을 보태지助長 말라勿는 뜻이다. 《맹자》에 나오는 가르침이다. 맹자는 "송나라 사람처럼 하지 말라無若宋人然"고 했다. 맹자는 송나라의 어떤 어리석은 사람이 자기 논의 모가 빨리 자라지 않는 것을 답답하게 여겨 모들을 길게 뽑아 올렸다가 모두 죽여버린 고사를 인용하면서 마음을 모으는 공부도 이와 같으니 무리하게 억지로 해서는 안 된다고 가르쳤다.

실천방안으로 정붕은 九容구용과 九思구사를 대대로 들었다. 구용九容은 《예기》에 나오는 말로, 사람이 가져야 할 바람직한 아홉 가지 태도를 가리킨다.

○ 족용중足容重

발의 모습은 무거워야 한다. 경거망동하지 말라는 뜻이다.

○ 수용공手容恭

손의 모습이 공손하지 않으면 인격이 혼란스러워 보인다.

○ 목용단目容端

눈의 모습은 단정해야 한다. 곁눈질 등을 하지 말라는 뜻이다.

○ 구용지口容止

입의 모습은 멈추어 있어야 한다. 말을 함부로 하지 말라.

○ 성용정聲容靜

말의 모습은 조용해야 한다. 그래야 좋은 대화가 이루어진다.

○ 두용직頭容直

머리의 모습은 곧아야 한다. 머리의 방향이 잘못되면 거만, 비굴, 의심 등 좋지 못한 인상을 준다.

○ 기용숙氣容肅

숨쉬는 모습은 조용해야 한다. 숨은 마음 상태를 나타내고, 상대와 상호작용을 하게 된다.

○ 입용덕立容德

선 모습은 덕스러워야 한다. 뻣뻣하면 불손해 보이고, 엉거주춤하면 자신감이 없어 보인다.

○ 색용장色容莊

얼굴 모습은 씩씩하고 생기가 있어야 한다.

구사九思는 《논어》에 나오는 말로, 사람의 바람직한 아홉 가지 사고방식을 가리킨다.

○ 시사명視思明
분명하게 볼 생각을 하라.
○ 청사총聽思聰
똑똑하게 들을 생각을 하라.
○ 색사온色思溫
표정을 온화하게 가질 생각을 하라.
○ 모사공貌思恭
태도를 공손하게 가질 생각을 하라.
○ 언사충言思忠
말을 충직하게 할 생각을 하라
○ 사사경事思敬
일을 공경스럽게 할 생각을 하라.
○ 의사문疑思問
의문이 있을 때는 물을 생각을 하라.
○ 분사난忿思難
화가 날 때는 뒷일을 생각하라.
○ 견득사의見得思義
이득이 있을 때는 대의를 생각하라.

지금까지 도를 닦는 데 지켜야 할 사항들을 제시한 정붕은 그를 가로막는 장애 요인으로 《소학》이 말한 태怠와 욕慾을 언급한 후, 극복 방안으로 동심動心과 인성忍性을 들고 있다. 태는 게으름이니 그를 극복하려면 마음을 격동시켜야 하고, 욕은 욕심이니 참을 줄 아는 마음으로 다스려야 한다.

마지막으로 정붕은 범범유유도불제사泛泛悠悠都不濟事 면면순순자유소지勉勉循循自有所至의 대대로 〈안상도〉를 끝맺는다. 범범유유도불제사는 안정된 마음과 태도를 가지지 못한 채 허황하게 떠 있으면泛泛悠悠 아무도 일事도 이룰 수 없다不濟는 뜻이다. 면면순순자유소지는 우주와 인간 세상의 이치循循에 따라 부지런히 노력하면勉勉 자연스레自 좋은 결과所에 이르게至 된다는 뜻이다.

정붕은 이와 같은 〈안상도〉를 자신의 책상 위에 그려놓고 날마다 아침저녁으로 그것을 들여다보며 일상의 삶에 적용했다. '잣과 꿀' 일화는 그러한 정붕의 지식인다운 실천자석 인식이 낳은 결과이다. 생각이 행동을 낳는 씨앗인 것은 분명하지만 실천하지 않으면 아무 것도 이루어지지 않는다는 교훈을 주는 '정붕의 빛난 얼을 오늘에 되살려(국민교육헌장 차용)' 어수선한 우리나라의 정신과 현실을 바로잡아야겠다.

이완재·홍우흠·이구의·차장섭·권상우 공저, 《신당 정붕의 안상도와 도학》, 2020. 4. 25., 도서출판 국토, 비매품

정붕 〈안상도〉 해설

[부록 2] 책상에 놓고 늘 보며 실천해야 할 삶의 지침
《신당 정붕의 안상도와 도학》 출간

신당新堂 정붕鄭鵬은 퇴계 이황(1501~1570)보다 반 세기가량 앞서 활동한 유학자이다. 그는 세조 13년(1467) 경북 선산에서 태어나 중종 7년(1512) 세상을 떠났다. 타계한 해 그는 46세였는데, 연산군에 의해 유배되었다가 중종반정으로 풀려난 후 얼마 되지 않은 때였다.

정붕은 청송부사 관사에서 순직했다. 그런데 아들이 아직 어리고 집이 너무 가난하여 장례를 치를 경비가 없었다. 풍기 군수 임제광林霽光은 직접 묘갈명을 쓴 비석을 배에 실어 낙동강 물길로 선산까지 운송했다.

사정을 잘 아는 경상 감사 방태화方太和가 영남 지역의 여러 수령(군수나 현감 등)들과 상의하여 장사를 치렀다. 방태화는 정붕과 동방급제同榜及第한 사이였다. 동방급제란 같은 과거에 합격하였다는 뜻이다. 그렇게 보면 정붕은 출세가 늦은 편이었다.

하지만 능력이 모자라서가 아니었다. 조선 시대 과거 합격자 평균 연령이 36세라는 점에 견줘볼 때, 정붕은 25세 이른 나이 등용은 그 자체로 대단했다.

25세 급제 정붕, 본래 관직에 뜻이 없었다

정붕은 본래 벼슬에 뜻이 없었다. 그가 과거에 응시한 것은 이조 참판으로 있던 작은아버지 정석견鄭錫堅의 강권 때문이었다. 정석견은 어린 조카 정붕을 "우리 가문의 옥수玉樹"가 될 아이라며 서울로 데려가 공부시켰다.

정붕은 이른 나이에 뛰어난 성적으로 문과에 등과하는 등 집안의 기대에 부응했다. 그러나 성격이 강직한 그는 홍문관 교리로 있던 중 연산군에게 사냥을 그만 다니라고 직언하다가 곤장 40대를 맞고 경북 영덕으로 귀양 보내졌다.

정붕이 당한 고충은 본인이 겪은 곤장과 유배만이 아니었다. 사화와 관련하여 작은아버지 정석견은 파직되었고, 스승 김굉필金宏弼은 죽임까지 당했다. 성균관에서 같이 공부했던 벗 이목李穆도 처형되었고, 또 다른 벗 조광림趙廣臨 (조광조趙光祖의 사촌)마저 참형에 처해졌다.

그런 일을 겪으며 정붕은 더욱 관직에 마음을 잃었다. 중종반정 이후 여러 벼슬이 내려졌지만 그는 줄곧 사양했다. 이에, 정붕을 좋아하고 개인적으로 친하기도 했던 영의정 성희안成希顔이 중종에게 "내직(중앙정부 벼슬)이 아니라 외직을 주심이 합당할 것입니다."라고 천거했고, 그도 더 이상 임금의 명을 거절할 수 없어 청송 부사로 부임했다.

영의정도 사소한 부탁도 거절한 공사 구분 정신

행정을 잘 보살펴 백성들의 칭송이 자자하던 차에 영의정 성희안이 보낸 서신이 정붕에게 당도했다. "청송의 명산품인 잣柏子과 벌꿀淸蜜을 구해 줄 수 있겠는가?"라는 내용이었다. 성희안이 정붕에게 그와 같은 부탁을 한 것은 그 본인이 부패한 고관이라서가 아니라 정붕과 개인적으로 매우 친한 사이이기 때문이었다.

그런데도 정붕은 "잣은 높은 산마루에 있고柏在高岑頂上 꿀은 민간 벌통 속에 있으니蜜在民間蜂桶中 태수가 어떻게 얻을 수가 있으리오爲太守者何由得之?"라고 답신을 보냈다. 태수가 잣과 꿀을 구하는 것

> 柏在高岑頂上
> 잣은 높은 산꼭대기에 있고
>
> 蜜在民間蜂桶中
> 꿀은 백성의 벌통 속에 있으니
>
> 爲太守者何由得之
> 태수가 그것을 어찌 구하리오

은 쉬운 일이었는데도 정붕은 일인지하一人之下 만인지상萬人之上인 영의정의 부탁을 그렇게 매몰차게 거절했다.

정붕의 언행은 평범한 세속 사람으로서는 상상할 수 없는 일이다. 정붕은 이 일로 조선 시대의 청렴과 강직한 관료상을 상징하는 인물로 높은 명망을 얻었다. '잣과 꿀' 이야기는 현대에도 '한문 교과서'에 두루 수록되어 우리나라 고등학교 학생들이 배우고 있다.

정붕이 조선 시대의 명사名士가 되는 데에는 이황도 한몫을 했다. 정붕이 그렇게 숭앙받는 인물이 된 것은 물론 본인이 남긴 업적 덕분이지만, 이황의 평가가 크게 이바지를 한 것도 틀림없는 사실이다.

이황은 제자들에게 '신당 선생의 〈안상도案案圖〉를 보라'고 했다. 이황의 말은 〈안상도〉를 통해 정붕 학문의 경지를 확인하라는 의미이자, 보고 배우라는 가르침이다. 뿐만 아니라, 늘 곁에 두고 마음과 말과 행동의 지침으로 삼으라는 훈계이기도 하다. 왜냐하면 〈안상도〉는 책상案 위案에 얹어놓고 일상적으로 들여다보는 문자도 文字圖라는 뜻이기 때문이다. 즉 정붕은 평소 연구해 온 도학道學을 실제 생활에서 활용할 수 있도록 도표로 만들었다. 정붕은 그 도표를 책상 위에 둔 채 스스로를 갈고닦는 잠계도箴戒圖로 삼았다. 요약하면 이황은 배운 학문을 실생활에 실천하는 학이시습學而時習의 준거로 정붕의 사례를 천거했던 것이다.

안상도案上圖

그러나 정붕 본인이 안상도에 대해 해설한 도설圖說은 남아 있지 않다. 임진왜란 당시 전라도 운봉 등지로 피란 갔던 후손들이 고향으로 돌아오던 중 구미시 선산읍 서쪽 고개에서 도적을 만나 선조 정붕의 문집을 모두 빼앗기고 삼 형제 중 한 명은 살해까지 당했다. 그 이후 이 고개는 정붕의 후손들이 울며 넘었다고 해서 '울 고개'라는 이름을 얻었고, 그 후손들은 혼사가 있을 때 이 고개를 넘지 않았다.

해설이 없어져 의미를 파악하기 어려운 안상도

안상도를 연구한 전공 학자들의 논문들로 구성된《신당 정붕의 안상도와 도학》3)이 최근 출간됐다. 책에는 영남대 이완재 명예교수의 〈신당 정붕 선생의 안상도와 도학〉, 영남대 홍우흠 명예교수의 〈신당 정붕의 한시 소고〉와 〈한훤당이 정신당에게 전수한 도통〉, 경북대 이구의 교수의 〈신당 정붕, 삶과 그의 시에 나타난 자아의식〉, 강원대 차장섭 교수의 〈신당 정붕의 생애와 정치·사상적 역할〉, 계명대 권상우 교수의 〈신당 정붕 도학의 형성과 전개〉 등 논문 6편이 수록되었다.

이완재 교수는 "신당 선생은 포은圃隱(정몽주) 선생 이래 이 나라의 도학의 정맥正脈을 이어 오신 분이다. 퇴계 선생께서도 '선생의 학문적인 조예의 정심함은先生學問所造之精 후학들이 안상도에서 살펴보아야 한다後學當觀於案上圖矣'라고 안상도의 정치精緻함을 높이 상찬하셨다."면서 "안상도는 뿌리 깊은 도학에 연원하고, 거기에 선생의 탁월한 도학적 천품이 융합되어 이룩된 결과"라고 평가했다.

이완재 교수는 《안상도》에 나오는 "구용구사九容九思"를 아래와 같이 풀이했다. 이를 소개한다.

---

3) 이완재·홍우흠·이구의·차장섭·권상우 공저, 《신당 정붕의 안상도와 도학》, 2020. 4. 25., 도서출판 국토, 비매품

구용九容 : 용容은 모습 또는 태도를 뜻하는 글자로, 구용은 사람이 가져야 할 바람직한 아홉 가지 태도를 말한다.

족용중足容重 : 발 모습은 무거워야 한다. 왜냐하면 발은 전신을 지탱하는 것이다. 발놀림이 진중하지 못하면 전신의 행동이 경망하게 된다. 그러므로 걸음걸이부터 천천히 진중하게 걸어야 한다.

수용공手容恭 : 손 모습은 공손해야 한다. 옛 선비에 있어서 손의 역할은 읍양揖讓을 주도하는 주체였다. 읍양을 공손하게 하느냐 못하느냐에 따라서 전 인격이 좌우되었던 것이다. 그러므로 손모습은 공손해야 하는 것이다.

목용단目容端 : 눈 모습은 단정하게 바로 보아야 한다. 곁눈질을 하는 것은 사특한 마음의 표시이오, 눈을 부릅뜨거나 치켜뜨는 것은 분노나 경악의 표시이오, 아래로 내리까는 것은 공포나 굴복의 표시이다. 그러므로 단정한 눈길은 바로 보아야 한다.

구용지口容止 : 입모습은 그쳐야 한다. 입은 음식을 먹거나 말을 할 때 필요한 것이다. 그 이외에는 입을 닫고 조용히 있어야 한다. 지止자는 필요한 말 이외에는 말을 하지 않는다는 뜻이다. 필요하지 않은 말은 모든 재앙의 근원이 되기 때문이다.

성용정聲容靜 : 소리의 모습은 조용해야 한다. 조용한 목소리는 안정된 마음에서 나오고, 동시에 상대의 마음을 또한 안정되게 한다. 나와 상대가 안정된 상태에서 원만한 대화가 성립될 수 있는 것이다.

두용직頭容直 : 머리의 모습은 곧아야 한다. 사람의 머리는 인체를 총괄하는 부분으로서 위로 하늘을 지향하는 것 이다. 그러므로 머리는 곧게 가져야 한다. 머리를 옆으로 기우는 것은 의문의 상징이오, 앞으로 떨구는 것은 기상을 잃은 상징이오, 뒤로 제키는 것은 거만의 상징이다. 그러므로 머리는 곧게 바르게 가져야 한다.

기용숙氣容肅 : 기의 모습은 조용해야 한다. 여기의 기氣자는 기식氣息의 기로서 숨을 뜻하고 숙肅자는 조용함을 뜻한다. 즉 숨을 조용히 쉬어야 한다는 뜻이 다. 숨은 마음상태와 상호작용을 가진다. 마음이 안정되면 숨이 고르고 조용하고, 마음이 안정되지 못하면 숨도 고르지 못하다. 숨을 조용히 쉬라는 것은 마음을 안정하라는 뜻을 내포했다고 봐야 할 것이다.

입용덕立容德 : 선 모습은 덕德스러워야 한다. 선 모습이 너무 뻣뻣하면 불손不遜해 보일 수 있다. 공자의 선 모습을 경절磬折이라 표현하는데 약간 숙인 듯 등이 두둑하여 덕이 충만한 듯한 모습이다.

색용장色容莊 : 얼굴모습은 씩씩하고 생기가 있어야 한다. 색色은 안색顔色으로 얼굴 모습을 뜻하고, 장莊은 씩씩하고 생기 있는 모습이다.

구사九思의 원문과 뜻을 소개한다.

시사명視思明 : 보는 데 있어서는 분명하게 보기를 생각하고
청사총聽思聰 : 듣는 데 있어서는 똑똑하게 듣기를 생각하고
색사온色思溫 : 표정은 온화하게 가지기를 생각하고
모사공貌思恭 : 태도는 공손하게 가지기를 생각하고
언사충言思忠 : 말은 충직하게 하기를 생각하고
사사경事思敬 : 일은 공경스럽게 하기를 생각하고
의사문疑思問 : 의문이 있을 때는 묻기를 생각하고
분사난忿思難 : 분이 날 때는 뒷 끝이 어려울 것을 생각하고
견득사의見得思義 : 이득이 있을 때는 의리를 생각한다.4)

신당 정붕이 길재, 김종직, 자신의 제자 박영, 장현광과
더불어 제향되고 있는 경상북도 구미시 금오서원

---

4) 오마이뉴스 2020년 4월28일, 정만진 글과 사진

[부록 3] 상관의 '갑질'로 힘들었던 이순신

　이순신은 우리 나이로 32세(1576년)에 급제한다. 이순신은 그해 12월 동구비보(함경도 삼수)의 권관(종9품)으로 발령을 받는다. 그곳에서 임기를 마친 이순신은 1579년 2월부터 서울에서 살게 된다. 훈련원 봉사(종8품)로 승진한 덕분이었다. 하지만 서울 생활은 겨우 몇 달로 끝나고, 그해 10월 충청 병영(서산 해미읍성)의 군관(종8품)으로 전임된다.

　이순신이 지방 근무로 밀려난 것은 정4품 병조 정랑(국방부 인사담당관 정도) 서익이 자신의 친지를 특별 승진시키려 할 때 '규정 위반'이라며 반대하다가 보복을 당한 결과였다. 이 일과 관련해 류성룡은 《징비록》에 "식자들이 이 일로 이순신을 차츰 알게 되었다."라는 흥미로운 표현을 실어 두었다. 관리와 선비들이 이순신의 존재에 대해 알게 되었고, 관심을 가지기 시작했다는 뜻이다.

국방부 '인사과장'에 맞선 국방부 '8급'

　해미 읍성에서 종8품 군관 생활을 하던 이순신은 열 달 지난 1580년 7월 발포 만호로 발령을 받는다. 발포 만호는 종4품 수군 장수로 종8품 군관에 비해 8계급이나 뛰어오르는 놀라운 특진이었다. 이순신이 어째서 이토록 엄청난 파격 승진을 할 수 있었는지는 확인되지 않지만, 추측하자면 서익 사건이 전화위복의 도움으로 작용했을 개연성이 높다.

　이순신은 지금의 고흥군 도화면 발포리에서 만호로 근무하던 중에도 서익 사건과 비슷한 일을 겪는다. 자신의 직속 상관인 전라 좌수사 성박이 '내가 거문고를 만들려 하니 발포 뜰의 오동나무를 베어서 보내시오'라는 연락을 해왔다.

　이순신은 '이 나무는 나라의 물건입니다. 몇 백 년에 걸쳐 키워온 나무를 하루아침에 벨 수는 없습니다' 하고 답장을 적어 보냈다. 성박은 화가 머리끝까지 치솟았지만 이순신의 성품을 잘 알고 있었으므로 어떻게 해볼 도리는 없었.

　성박의 후임으로 이용이 부임했다. 성박은 후임자 이용에게 이순신에 대해 아주 나쁘게 평가하는 말을 남겼을 것이다. 이용은 전라 좌수영 관할의 5개 수군 해안 진지를 순찰한 후 발포진의 근무 상태가 가장 나쁘다고 조정에 보고하려 했다.

　이순신이 알아본 결과 발포진의 결석자는 4명으로 5개 진지 중 가장 적었다. 분개한 이순신은 다른 4개 진지의 결석자 명단을 확보한 다음 조정에 이의 신청을 하겠다고 반발했다. 당황한 이용은 이순신에게 해를 끼치려던 행위를 중단했다.

이순신에게 해를 끼치려는 직속 상관

이순신 실화

이용이 진심으로 마음을 바꾼 것은 아니었다. 이용은 매년 6월과 12월에 실시되는 정기 근무 평가를 활용하여 재차 해를 입히려 했다. 이용은 이순신의 성적이 가장 나쁘다는 보고서 초안을 작성했다.

정기 평가의 최종 보고서는 감사와 수사가 합의해서 완성하도록 되어 있었다. 뒷날 임진왜란 충청 의병장으로 활동하는 조헌이 이때 전라 감사를 보좌하는 도사(종5품)로 있었다. 조헌이 고함을 쳤다.

"이순신이 일등이라면 몰라도 꼴찌라니 말도 되지 않소!"

조헌의 도움으로 일단은 위기를 모면하지만

조헌의 강력한 항의로 이용의 시도는 마침내 물거품이 되었다. 하지만 이순신은 끝내 만호로 일한 지 18개월 된 1582년 1월 관직에서 쫓겨난다. 왕명을 받아 지방의 실태를 조사하는 군기경차관軍器敬差官은 이순신의 무기 관리가 엉망이라고 보고했고, 보고서를 받은 조정은 이순신을 파직했다. 당시 군기경차관은 서익이었다.

이순신은 넉 달 뒤 종8품 훈련원 봉사로 복직된다. 1576년 12월 종9품 동구비보 권관으로 3년 동안 관직 생활을 시작했고, 그 후 종8품 훈련원 봉사와 충청병영 군관으로 1년여를 보낸 다음 무려 8계급이나 승진하여 종4품 발포 만호가 되었던 이순신이 도로 종8품 훈련원 봉사로 내려앉은 것이다.

앞으로 이순신의 관직 생활은 어떻게 전개될 것인가? 이순신은 어떤 과정을 거쳐 전라 좌수사가 되고, 임진왜란을 맞아 일본군을 무찌르게 되는 것일까? 자못 궁금하다.

'이 충무공 머무시던 곳' 비석 옆의 거대 고목

궁금증을 달래며 '이 충무공 머무시던 곳' 비석과 나란히 서 있는 거대 고목 그늘에 들어 잠시 쉰다. 이순신도 고관들의 모함에 줄곧 시달릴 때 이 나무 그늘에 들어 고단한 마음을 달랬으리라.

성벽 아래를 따라 사당 충무사까지 걷는다. 참배를 마치고 돌아서서 외삼문 밖을 나서면 성벽이 앞을 가로막는다. 주차장 끝의 거북선 모양 급수대 옆에 성곽 위로 오르는 길이 나 있다. 참새가 방앗간을 어찌 그냥 지나칠 수 있을까!

성벽 위에 올라 바다를 바라본다. 30대 후반의 발포 만호 이순신도 날마다 이곳에서 바다를 응시하였을 것이다. 이곳은 1439년(세종 21) 종4품 만호가 근무하는 만호영이 되고, 1490년(성종 21) 축성이 이루어진 '전라남도 기념물(27호)' 문화재이다.

"관아의 오동나무는 나라의 것이다"

왼쪽으로 기와집 한 채가 보인다. 벽에 만화가 그려져 있는 등 호기심을 자극하는 '향토 민속관'이다. 만화에는 〈관아의 오동나무는 나라의 것이다〉라는 제목이 붙어 있다.

현판 앞을 지나 '발포만호 이순신과 오동나무'라는 글자가 새겨져 있는 바위 쪽으로 간다. 바위 주위에는 오동나무들이 자라고 있다. 자생이 아니라 군청에서 뜻한 바 있어 심은 것들이다. 안내문에는 이순신의 고사를 현대에 맞게 변용했다는 해설이 붙어 있다. 세심한 데까지 신경을 쓴 군청 담당자들에게 마음으로 고마움을 느낀다.

송씨부인의 동상이 바닷가 절벽 위에 세워진 까닭

발포 포구로 들어서면 왼쪽 끝에 '발포 역사 전시 체험관'이 있다. 역사관을 둘러본 후 건물 왼쪽으로 발걸음을 돌린다. 홍살문이 보인다. 홍살문이 있다는 것은 그 지점이 제향 또는 현충 시설로 들어가는 입구라는 말이다.

홍살문 상단에 '열녀 송씨 동상'이라는 글자가 뚜렷하다. 홍살문을 지나 50m가량 걸으면 이내 바다로 떨어질 듯 아슬아슬하게 느껴지는 커다란 바위가 벼랑에 걸쳐져 있다. '진명盡命의 열녀 송씨의 순절'이라는 제목의 기록화 네 점이 바위 앞에 있고, 바위 끝에 아이와 함께 이곳을 찾은 어머니의 농상이 있다.

"봄꽃이 조선 산하에 만발하던 1592년 4월, 평화로운 한때를 보내고 있던 송씨부인의 가정도 참혹한 전쟁을 비켜갈 수는 없었다. 1592년(선조 25년 4월14일) 악독하고 교활한 일본 풍신수길이 살기 좋은 우리 강산을 탐내고 침

범하기 시작하였으니 그 때의 난리가 임진왜란이었다. (중략) 황정록黃廷祿 장군이 발포 만호로 도임되어 부임 초부터 이순신 막하에서 많은 해전에 참전, 전공을 세웠다. 1597년 임란의 상처가 채 가시기도 전에 정유재란의 참혹한 불길이 타오르니 가여운 백성들은 파리목숨처럼 죽어갔다. (중략) 그해 7월 발포 함대를 이끌고 출동한 황 장군은 칠천량 싸움에서 적탄에 맞아 장렬히 전사하고 말았다.

　남편이 출동한 후 가슴을 태우던 송씨부인은 이 비보를 듣고 '남편이 왜놈들 총탄에 막고 죽음을 당하였는데 장차 우리도 더러운 왜적의 손에 죽음을 당할 것이거늘 우리만 살아서 무엇 하겠느냐?' 하고 말하고 마음을 결연히 하였다. 그 일이 있은 후 얼마 지나지 않아 송씨부인은 두 아이와 함께 마을 동쪽에 있는 우암 절벽에서 깊은 바다로 몸을 던져 남편의 뒤를 따라 순절하고 말았다. 지금도 우암 절벽에 오르면 후세 사람들은 그녀의 슬픔이 담긴 사연을 전하고, 그곳을 '열녀 절벽'이라 일컫는다."

　황정록은 견내량(한산)에서 왜군을 쳐부순 데 대한 이순신의 보고서 〈견내량파왜병장見乃梁破倭兵狀〉에 "발포만호 황정록은 층각선 1척을 쳐부수었고, 왜적의 머리 2개를 베었습니다."라고 기록되어 있다. 송씨 동상은 전설이 아니라 눈물 겨운 실화인 것이다.

이순신 실화

발포 만호 경험, 임진왜란 승전에 큰 밑거름 되었을 것

　이순신의 발포 만호 재직은 그에게 첫 수군 근무였다. 비록 모함에 시달린 고단한 생활이었지만 이때의 경험은 임진왜란 당시 왜군을 격파하는 데 큰 도움이 되었을 터이다. 발포에는 이순신을 키워낸 자랑스러운 역사, 고위 관료들의 조잡한 '갑질' 행위, 남편을 전쟁으로 잃은 부인의 슬픈 절명 실화가 서려 있다. 아직 가보지 못한 분들께 '꼭 한번 방문해 보시라'고 권하고 싶은 곳, 바로 고흥의 남쪽 끝 발포 포구이다. ★

[부록 4] 이순신의 파격 승진, 조선의 행운 됐다

전남 여수시 시전동 708번지에 '선소 유적'이 있다. 선소는 요즘말로 조선소, 즉 배를 만드는 곳이다. 선소 입구에 닿으면 〈충무공 이순신과 여수〉라는 제목의 안내판이 마중을 해준다. 안내문을 읽어 보니 여수 사람들의 자부심이 넘쳐흐른다.

"임진왜란이 일어나기 1년 전인 1591년에 이순신은 전라 좌수사로 이곳 여수에 부임해 왜적의 침입에 대비하였다. 전라 좌수영의 본영이었던 여수는 거북선을 처음으로 출정시킨 곳인데, 1593년(선조 26) 8월부터 1601년(선조 34) 3월까지 삼도수군통제영의 본영이기도 했다. (중략) '만약 호남이 없었다면 국가가 없었을 것'이라는 이순신의 글을 되새기게 하는 이곳 여수는 임진왜란 때 위태로운 나라를 지키는 데 중요한 역할을 한 곳이다."

'이순신은 전라 좌수사로 이곳 여수에 부임해 왜적의 침입에 대비하였다'라는 대목을 다시 생각해 본다. 이순신은 여수에 오기 전에는 어디에서, 어떤 직책을 맡아 일했을까?

전라 좌수사가 되기까지 이순신의 벼슬 경력

이순신은 서울에서 근무하던 중 정4품 병조 정랑(국방부 인사과장 정도) 서익이 자신의 친척을 특별 승진시키려는 데 반대하다가 미운 털이 박혀 멀리 해미읍성 군관으로 밀려난다. 이 사건은 원칙에 충실한 그의 강직한 인간됨을 증언해 준다. "이순신은 말과 웃음이 적다"라는 류성룡 《징비록》과 "이순신은 얼굴이 후덕하지도 풍만하지도 않다"라는 고상안 《태촌집》의 기록은 이순신의 성품을 후대에 전해주는 사례들이다.

이순신은 1545년(인종 1) 음력 3월8일(양력 4월28일) 서울에서 태어났다. 우리 나이 28세이던 1572년(선조 5) 무과에 처음 응시하지만 말에서 떨어져 낙방한다. 이순신은 그 후 4년 동안 부지런히 무예를 연마하여 32세(1576년)에 드디어 합격하고, 그 해 12월 함경도 동구비보 권관(종9품)으로 발령을 받아 국경에서 근무한다.

35세(1579년) 때 충남 해미읍성에서 충청병영 군관으로 약 10개월 동안 근무하는 등 주로 육군 생활을 하던 이순신은 44세(1589년)에 정읍 현감(종6품)이 된다. 그 후 1590년 7월 이순신은 함경도 고사리진 첨사(종3품)로 크게 승진할 수 있는 기회를 만난다. 우의정 류성룡이 선조에게 적극 추천하여 이루어진 호기였는데, 지나친 승진이라는 여론에 밀려 실제 부임으로 이어지지는 못한다.

이순신은 한 달 뒤인 8월 또 다시 압록강 하구의 평안도 만포진 첨사로 임명된다. 그러나 이번에도 그는 부임하지 못한다. 사유는 고사리진 첨사로 가지 못하는 것과 같다.

류성룡의 추천으로 파격 승진 기회 얻지만

1591년 2월, 이순신은 진도 군수(종4품) 발령을 받는다. 군수는 종3품인 첨사보다는 한 등급 아래이지만 종6품인 현감보다는 두 등급 높은 직책이다. 하지만 이순신은 이번에도 임지에 가지 못한다. 고사리진 첨사와 만포진 첨사로 부임하지 못한 때처럼 조정의 반대 여론이 드셌기 때문이 아니다. 진도로 가기도 전에 가리포진(전남 완도) 첨사로 일하라는 새로운 인사 명령이 떨어졌던 것이다.

이 무렵 조정은 전라 좌수사 자리를 놓고 오락가락하고 있었다. 조정의 이해할 수 없는 인사는 1월29일 원균이 전라 좌수사로 임명을 받으면서 시작된다. 2월4일 사간원이 이의를 제기한다.

《선조실록》 당일 기사에 따르면 사간원은 "전라 좌수사 원균은 전에 고을 수령으로 있을 때 근무 평가에서 나쁜 점수를 얻었는데 겨우 반 년 만에 좌수사에 임명되었습니다. 이는 격려와 징계를 목적으로 실시하는 근무 평가의 의의를 망가뜨리는 조치라는 여론의 비판을 받고 있습니다. 원균에게 다른 벼슬을 주고 전라 좌수사에는 젊고 군사적 지혜가 있는 사람을 각별히 선택하여 보내소서."라고 선조에게 요구한다. 선조는 '그렇게 하라'고 대답한다.

전라 좌수사가 될 뻔했던 원균

원균에 이어 유극량이 전라 좌수사로 임명된다. 이번에는 사헌부가 이의를 제기한다. 2월 8일 사헌부는 '전라 좌수영은 직접 적과 마주치는 지역이기 때문에 방어가 매우 긴요한 곳입니다. 따라서 수사는 잘 가려서 보내야 합니다. 유극량은 인물은 쓸 만하나 (중략) 지나치게 겸손한 나머지 부하 장수들은 물론 무뢰배들과도 "너, 나" 하고 지내어 체통이 문란하고 명령이 시행되지 않습니다. 위급한 상황을 맞이하면 대비하기 어려울 것입니다. 바꾸소서.' 하고 요구한다. 선조는 이렇게 대답한다.

"수사는 이미 바꿨다."

왜침에 맞설 대장 중 한 명인 전라 좌수사 임명을 이토록 허술히 진행할 만큼 당시 조선 조정은 '엉망'이었다.

엉망진창으로 진행된 임란 직전의 인사 발령

새로 이순신이 전라 좌수사에 임명된다. 고위 관료들은 이순신의 전라 좌수사 임명에도 찬성하지 않는다. 선조가 2월13일 '진도 군수 이순신을 전라 좌수사에 제수하라' 하고 결정을 내리자 사간원은 '(정읍)현감 이순신은 (진도 군수로 발령을 받아) 아직 군수에 부임하지도 않았는데 좌수사에 임명할 수는 없습니다. 아무리 인재가 모자라는 상황이라 해도 이렇게 지나친 승진은 있을 수 없습니다. 이순신에게는 다른 벼슬을 주소서.' 하고 반대한다.

그런데 선조의 이순신 인정은 각별하다. 아니, 놀랍다. 선조는 '이순신을 지나치게 승진시켰다는 것은 나도 안다' 면서 '다만 지금은 일반적인 인사 규칙에 메일 형편이 아니다. 인재가 모자라니 파격적인 승진도 하지 않을 수가 없다. 그 사람(이순신)이면 충분히 (좌수사의 임무를) 감당할 것이다. 벼슬의 높고 낮음을 따질 일이 아니다.'라며 밀어붙인다.

선조의 이순신 발탁을 두고 '놀랍다'라고 한 것은 《선조실록》 1597년 1월27일자의 내용 때문이다. 당시 이순신은 삼도수군통제사였다. 선조가 전쟁 중에 "나는 (해군 사령관) 이순신의 사람됨을 자세히 모르지만 성품이 지혜가 적은 듯하다."라고 말한다. 놀라운 발언이 아닐 수 없다. 임금이 나라 안의 핵심 대장을, 그것도 전쟁 중에 '나는 그 사람 잘 몰라' 식으로 말하고 있다!

선조 "수군통제사 이순신, 어떤 사람인지 잘 모른다"

선조는 다시 이순신이 "경성(한양) 사람인가?" 하고 묻는다. 류성룡이 "그렇습니다. 성종 때 사람 이거의 자손인데, 직책을 감당할 만하다고 여겨 당초에 신이 조산 만호로 천거했었습니다." 하고 대답한다.

선조가 또 묻는다.

"글을 잘하는 사람인가?"

류성룡이 대답한다.

"그렇습니다. 성품이 굽히기를 좋아하지 않아 제법 취할 만하기 때문에 그 사람이 어느 곳 수령(정읍 현감)으로 있을 때 신이 수사(전라 좌수사)로 천거했습니다."

선조는 잘 알지도 못하는 이순신을 왜 파격 승진시켰을까

선조는 이순신이 해군 사령관인데도 불구하고 그의 고향도 모르고, 글을 잘하는지 여부도 모른다. 스스로 '나는 이순신의 사람됨을 자세히 모른다'라고 실토(?)한다. 그런 선조가 어째서 6년 전에는 현감에 불과한 이순신을 전라 좌수사로 엄청나게 승진시키는 일에 그토록 적극적이었을까? 그것도 '이순신은 좌수사의 임무를 잘 감당할 것'이라는 전폭적 믿음까지 내보이면서……

아마도 선조는 이순신을 추천한 사람이 류성룡이었기 때문에 그렇게 판단하지 않았을까? 두 사람의 대화 속에 그런 기미가 엿보인다. 류성룡이 먼저 '직책을 감당할 만하다고 여겨' 이순신을 조산 만호에 추천했었다고 말하고, 선조가 화답을 하듯이 '그 사람이면 충분히 감당할 것'이라면서 이순신을 전라 좌수사에 임명한다. 물론 그 사이에 류성룡이 선조에게 이순신을 전라 좌수사로 추천하는 과정이 있었고, 그때도 류성룡은 이순신이 수사 임무를 훌륭하게 수행할 능력을 갖췄다고 아뢰었을 터이다.

이순신의 파격 승진, 조선의 행운 됐다

선조는 "류성룡은 군자다. 나는 그를 오늘날의 큰 현인이라 할 만하다고 여긴다. 그와 함께 대화를 나누다 보면 깨닫지 못하는 사이에 마음으로 감동할 때가 많다.(《선조실록》 1585년 5월28일자)"라고 공언한 바까지 있다. 그만큼 선조는 류성룡을 존경하듯이 믿었다. 그래서 선조는 그런 류성룡이 천거한 인물인 만큼 이순신에 대해, 잘 알지 못하면서도, 막연한 신뢰를 가졌던 듯하다.

선조 "류성룡은 이 시대의 큰 현인"

류성룡이 일개 현감 이순신을 전라 좌수사로 추천하고, 선조가 고위 관료들의 끈질긴 반대에도 불구하고 마침내 그 자리에 앉힌 것은 임진왜란 당시 조선의 복이었다. 그것도 전쟁 1년 2개월 전에 수사가 됨으로써 이순신은 수군에 대해, 조선 수군의 주력 전함인 판옥선에 대해, 천자총통 등 화포에 대해 충분히 파악할 수 있었다. 새로 거북선을 만들 시간도 있었고, 바다 싸움에서 이길 수 있는 전술을 연구할 겨를도 있었다. 전라도 일대 바다의 특성과 해안 지형도 숙지할 수 있었다.

또 1580년 7월부터 1582년 1월까지 약 18개월 동안 바닷가 수군 진지를 지휘하는 발포(전남 고흥군 도화면 발포리) 만호를 역임하여 수군 장수로서의 경험을 쌓은 것도 큰 자산이 되었다. 단 13척의 배로 적선 133척을 격파해낸 명량 대첩의 신화는 그 모든 것의 총화였다. ★

후기

1. 이 소설 중 시나리오 부분은 창작 연대 미상의 고 정재섭 鄭在燮 선생 유작을 정만진丁萬鎭이 보태고 고쳐 2020년 12월1일 〈푸른 현자賢者 정붕鄭鵬〉이라는 제목의 자료집으로 간행한 바 있습니다(자료집은 '구미 성리학 역사관'에 전시). 그 후 정만진이 재차 보태고 고쳐서 이 소설에 포함시켰습니다.

2. 우리나라는 세계 10위권을 넘나드는 경제력을 자랑하지만 국제투명성기구가 매년 발표하는 조사에 따르면 청렴도는 아직도 OECD 상위국 중에서는 최하위권에 머물러 있습니다(2021년 역대 최고 좋은 평가: 세계 32위). 외국에서는 우리나라가 더 이상 발전하지 못하는 이유의 하나로 공정 경쟁을 가로막는 부패를 꼽고 있습니다. 시급히, 과감하게 바로잡아야 합니다.

3. 이 소설에 서술되어 있듯이 정붕은 "잣은 높은 산꼭대기에 있고 / 꿀은 민간의 벌통 속에 있으니 / 태수가 어찌 구할 수 있으리오?"라는 글을 남겨 공직자의 올바른 자세와 청렴 의식을 우리 역사에 아로새긴 선비입니다. 이순신은 권력 실세들의 부당 인사와 국가 재산 사유화에 저항하다가 여러모로 피해를 입은 강직한 무장입니다. 두 분의 사례는 널리 알려져 온 국민의 귀감이 되어야 합니다. 그래야 우리 공동체의 앞날이 밝아집니다.

4. 우리 사회의 청렴도가 향상되는 데에 조금이나마 도움이 되기 위해 졸고를 썼습니다. 지도 편달을 부탁드립니다.

* 정만진 저서

현진건 주인공 장편소설 《일장기를 지워라》 1·2
현진건 소설 21세기 버전 《조선의 얼골·한국의 얼굴》 1·2
현진건 평전 겸 소설세계 연구 《현진건, 100년의 오해》
○ 2019년 대구시 선정 '올해의 책'
《대구 독립운동유적 100곳 답사여행》
○ 1910년대 최고의 무장 독립운동단체 최초 소설화
《소설 광복회》
○ 1920년대 최고의 무장 독립운동단체 의열단
《소설 의열단》
○ 1930년대 최고의 무장 독립운동단체 한인애국단
《소설 한인애국단》
○ 남녀평등이 사회발전의 기반이다
《장편소설 딸아, 울지 마라》
○ 남북 최접경 백령도에서 바라본 통일
《장편소설 백령도》

○ 역사학자 이이화 선생 추천
《전국 임진왜란유적 답사여행 총서》(전 10권)

○ 역사 공부와 현장답사의 일석이조
《삼국사기로 떠나는 경주 여행》
○ 우리나라 유일의 독립운동가 전용 묘지
《신암 선열 공원》

○시·나·리·오·형 액·자·소·설○

잣과 꿀, 그리고 오동나무

청렴文官 **정붕**鄭鵬· 청렴武官 **이순신**李舜臣

저자 정만진 丁萬鎭

출판사 국토

연락처 clean053@naver.com

010. 5151. 9696

FAX 053. 526. 3144

발행일 2022년 4월 15일

ISBN 979-11-88701-19-3 03810

20,000원